— 書き下ろし長編官能小説 —

人妻ハーレムテニス

河里一伸

JN053704

竹書房ラブロマン文庫

目次

この作品は、竹書房ラブロマン文庫のために
書き下ろされたものです。

プロローグ

大学に入って、二度目の夏休みを迎えた最初の火曜日。東海S県YZ市に住む吉良《きら》尚人《なおと》は、自宅の最寄り駅から一駅離れたYZ女子テニス倶楽部のテニスコートに来ていた。

十五時になり、太陽は西寄りに傾いたが、まだ七月の前半ということもあって陽射しはかなり強い。ただ、湿度は高めながら気温は東京と比べると低く、テニスをするのに支障はないと言える。

YZ女子テニス倶楽部のテニスコートは四面あるが、現在はテニスウエアに着替えた尚人と、対面《といめん》にいる三人の女性の計四人しかいない。彼女たちは、思い思いのウエアを着用しており、一見すると同じクラブとは思えない格好である。

「尚く……コホン。尚人くん、それじゃあ挨拶をしてくれる？」

と、向かって最も左の三好愛良《みよしあいら》から声をかけられ、ついつい女性たちに見とれていた尚人はようやく我に返った。

　六歳上の愛良は、実家が隣同士なので、尚人のことを生まれたときから見知っている。そのため、未だに二人きりや身内しかいない場では「尚くん」と子供の頃からの呼び方をする。だが、今は他の人がいるので「尚人くん」と、丁寧な形に言い直したらしい。

　その彼女は、穏やかで清楚そうな美貌の持ち主で、白いポロシャツとプリーツのスカートから伸びる四肢が、実にまぶしく見えてならない。また、背中まで伸ばしたストレートの黒髪を、頭の高い位置でポニーテールにまとめた姿も目を惹《ひ》く。

「あっ……えっと、愛良姉ちゃ……いや、んと、こく……じゃなくて、み、三好さんからご紹介いただいて、大学が夏休みの間だけ火曜と金曜の回の臨時コーチをすることになった、吉良尚人です。今は大学二年生で、人に教えるなんて高校のとき後輩に少し指導したことがあるくらいなので、至らないところもあると思いますけど、よろしくお願いします」

　と、尚人が緊張しつつ頭を下げると、三人の女性が「よろしくお願いします」と会釈を返してくる。

　愛良は、旧姓が「国部《こくぶ》」なのだが、四年近く前に結婚して姓が「三好」に変わった。

しかし、ほんの一週間ほど前、数年ぶりに彼女と再会した尚人にとっては、「三好」姓で呼ぶのは、未だにどうにも違和感を拭《ぬぐ》えない。

そもそも、尚人は生まれたときから愛良に世話をされてきたため、彼女のことを長らく「愛良姉ちゃん」と呼んでいた。そのせいもあり、こうして丁寧な呼び方をするのは、むず痒《がゆ》さを覚えずにはいられない。

「ふふっ。二人とも仲のいいお友達だから、尚人くんもそんなにかしこまった言い方をしないで、わたしのことはいつも通りに呼んでくれていいわよ。さて、わたしは自己紹介を割愛しても平気よね？　じゃあ、真梨子《まりこ》さんと美南《みなみ》さん、自己紹介をお願いします」

笑みを浮かべながら愛良がそう促《うなが》すと、中央の女性が口を開いた。

「あたしは、後藤田《ごとうだ》真梨子。愛良より四つ上で、この中では最年長ね。テニス歴は、中学高校の六年間と、YZ女子テニス倶楽部での二年くらいよ。もっとも、実力は全然なんだけど。あ、『真梨子』って名前で呼んでもらえると嬉しいわね」

と、彼女が自嘲混じりに自己紹介をする。

真梨子は、ウェーブのかかったセミロングの茶髪で、見るからに快活そうな美貌の持ち主である。また、三人の中では最も背が高く、百七十八センチの尚人と並んでも遜色《そんしょく》なさそうだ。おそらく、十センチほど低い程度だろう。

ただ、何より目を惹くのは、胸にある二つの大きなふくらみだった。愛良もバストは大きいほうだと思うが、真梨子のはさらに二回りくらい上回っている。しかも、彼女が着用しているのは、身体のラインが浮き出るタンクトップのワンピースタイプのテニスウエアなため、その大きさがいっそう際だっている印象だ。

おかげで、ついつい爆乳に視線が向いてしまうのを抑《おさ》えられない。

「あ、えっと……わたしは、八畑《やはた》美南と申します。愛良さんより一つ上で、テニスは中学一年の頃に少しやったことがあるだけです。真梨子さんに誘われて、二ヶ月前に入会したばかりなので、その、まだまだ初心者でご迷惑をおかけするかと……」

向かって一番右側の女性が、なんとも遠慮がちに自己紹介をしてきて、真梨子のバストに気を取られかけていた尚人は、ようやく我に返って彼女を見た。

サイドに白いラインが入った淡いパープルのモックネックＴシャツと、白のスカートという格好の美南は、セミロングのストレートの黒髪で顔立ちは整っているものの、常にやや俯《うつむ》き気味ということもあり、見るからに大人しそうなタイプである。それに、自己紹介の際のなんとも自信なさげな声と口調からも、性格が充分に伝わってくる気がした。ただ、喋《しゃべ》り方だけでもかなり育ちがいいのだろう、と想像がつく。

しかし、彼女の最大の特徴は、尚人と同い年か年下に見られてもおかしくない童顔だろう。これで、愛良より年上だというのだから、世の中とは不思議なものである。

また、美南は三人の中で最も身長が小さく、尚人との身長差はおそらく二十センチほどあった。だからというわけでもないが、スタイル的にも一番スレンダーである。

とはいえ、出るべきところはしっかり出ているし、ウエストも細めなので、魅力的な肉体の持ち主なのは間違いない。

「前は、あと四人いたんだけどね。コーチが退職する前に、一人が妊娠して抜けたのよ。そのあと、コーチが辞めるってことになって、二人は月・木の回に移って、もう一人は倶楽部を辞めて、残ったのがこの三人なの」

と、少し寂《さび》しそうに愛良が言う。

そのあたりの事情は、彼女から臨時コーチの話を持ちかけられたとき、尚人もザックリと説明を受けていた。

大学が夏休みに入る少し前、尚人は休み期間中にできる適当なアルバイトを探していた。そんなとき、今はYZ女子テニス倶楽部から程近いところに夫と二人で暮らしている愛良が、「臨時コーチをしてもらえない？」と持ちかけてきたのである。

なんでも、担当の女性コーチが、実家の母親が病気で介護が必要になったからと、急に辞めることになってしまったらしい。そのため、倶楽部から「早急に新しいコーチを見つけるか、月・木に移るか」と二者択一を迫られたそうだ。

ＹＺ女子テニス倶楽部は、主に主婦向けの月・木と火・金の回を運営している。加えて、土・日は高校生や大学生も混じっての本格的なレッスンをしているのだが、それは愛良と無縁の話だ。

ただ、主婦向けとはいえ月・木は、大会に出ることを前提とした練習をしている。そのため、レッスン時間は一時間半と同じながらも、内容はかなり本格的らしい。

一方、愛良たちが参加している火・金は「健康のためにテニスを楽しむ」ことが主目的だった。もちろん、ある程度はプレーできるようにコーチが教えてくれたものの、相当に緩《ゆる》い活動だったそうである。もっとも、あまり運動神経がいいほうではなく大会に出る気がない三人の人妻は、そんな雰囲気を気に入っており、できれば今のままの活動を続けたいと考えていた。

そこで、新しいコーチを探したもののいい人材が見つからず途方に暮れかけたとき、大学が夏休みになる尚人にコーチを頼むことを、愛良が思いついたのである。

尚人は、幼稚園児の頃からテニスを始め、小学四年生から高校二年生まで全国大会に連続で出場し、最高でベスト８まで進んだ実力の持ち主だった。高校は、東京のテニス強豪校に特待生として在籍していたほどである。

しかし高校二年生の秋、試合中に無理なプレーをした際に左足首を骨折して、それから足の踏ん張りが利かなくなってしまった。何しろ、本気で動き回るだけで一セットも経たずに左足首が腫《は》れて痛くなるのだ。

年単位の時間があれば、いずれは完治するかもしれないが、三年しかない高校生活の後半でこの状態だと、もはや戦力にはならない。

試合中の怪我ということもあり、選手でなくなっても学校を追い出されはしなかったが、三年生になってから尚人は部の引退まで後輩の指導役に徹していた。

そして、ＹＺ市の隣の県庁所在地にある県立大学に合格して、高校卒業後に地元へと戻って来たのである。

ただ、あれだけ熱中していたテニスが事実上できなくなったため、尚人は部活を引退してからラケットをまったく握っていなかった。もっとも、年単位のブランクがあっても酷《ひど》く下手《へた》になってはいないだろうが。

それでも、愛良からコーチを持ちかけられた尚人は、二つの理由から首を縦に振るのを迷った。

一つ目は、左足首が治りきっておらず、未だに全力のプレーができない点である。

とにかく、いったん腫れると数日は疼《うず》くような痛みが続くので、まだ足に負担がかかることをしたくなかったのだ。

しかし、それは愛良から火・金の主目的を聞いて、問題ないと分かった。もちろん、軽くでも何時間もプレーしていたら不安はあるものの、週二回の一時間半程度、それも簡単にコーチをするだけであれば、どうにかなるだろう。

また、高校三年生の間は部活の引退まで、監督やコーチを手伝って後輩の指導をしていたので、人に教えるのも相手が女性だという点以外は問題にならない。

だが、尚人が迷ったもう一つの、そして最大の理由は、六歳上の幼馴染みが既婚者という点だった。

何しろ、彼女は自分にとって物心がつく前から見知っている相手であり、初恋の女性でもあるのだ。

テニスを始めたのも、幼稚園児の頃に大好きな愛良がテニスをしている姿を見て、憧れを抱いたのがキッカケだったのである。その後、彼女は伸び悩んで中学に入った時点でテニスを辞めてしまい、尚人は才能を開花させて全国レベルの選手になったのだが。

それでも、六歳上の幼馴染みはテニスをするキッカケを与えてくれた恩人だ、と言えるだろう。

しかし、そんな彼女も今や人妻である。他の男のものになった初恋の相手から、「コーチをして」と頼まれて、ホイホイと首を縦に振れるはずがあるまい。

だが、最終的には彼女の熱心さに根負けし、「大学が夏休みの間だけの臨時」という条件で引き受けたのだった。もちろん、倶楽部側の許可も取っている。

ちなみに、尚人のテニスの実績を知った倶楽部の事務局からは、「いっそ土・日のコーチをしてくれないか？」と言われたが、左足首の不安を理由に断った。

こうして、尚人は火・金の臨時コーチをすることになったのである。

自己紹介を含めた挨拶を終えると、尚人は三人に準備運動を指示し、自分も久しぶりにストレッチに取りかかった。

試合に出ない緩い活動のコーチとはいえ、単に口頭で指導するだけというわけにはいくまい。ましてや、現役から離れて以降、身体をほぐす機会もあまりなかったのだ。筋をよく伸ばしておかないと、軽いプレーでも肉離れなどの大怪我をしかねない。

（それにしても、愛良姉ちゃんが美人なのは分かっていたけど、後藤田さんと八畑さんもタイプは違うけど綺麗な人で……まぁ、みんな人妻なんだけど）

ストレッチをしながら、尚人はついつい三人のほうに目をやり、内心でため息をついていた。

愛良はもちろんだが、他の二人も結婚していることは既に聞いており、特に美南に至っては今年の二月に結婚式を挙げたばかりという話である。

まったく、彼女たちのような美女を妻にできただけでも、三人の夫は人生の勝ち組ではないだろうか？

とはいえ、美人の人妻たちにテニスの指導をする機会を得られただけでも、真性童貞にとっては棚ぼた的な幸運とも言えるのだが。

また、高校が男子高だったため女子との接点がなく、これだけ近い位置でテニスウエア姿の、いわんや成人女性を見るのも、尚人はほぼ初めてと言ってよかった。

中でも真梨子の大きなバストは、準備運動で身体を動かすだけでタプタプと揺れて、男心を刺激してやまない。

(確か、胸の大きい女子選手はスポーツブラで揺れを抑えている、って聞いたことがあるけど……)

だが、あれだけのサイズになると完全には抑えきれないようである。準備運動であそこまで揺れるのなら、プレー中はいったいどうなるのだろうか？　そんな興味が、どうしても湧いてきてしまう。

尚人も健全な男子なので、異性への興味は人並みに持っていた。いや、テニスを辞めてからエネルギーの発散先がなくなったせいか、それとも幼稚園から高校までほぼテニス漬けの生活だった反動なのか、今は人並み以上に女性への興味を抱いている、と言っていいだろう。

それでも異性との交際経験が一切ないのは、ずっと愛良のことを想っていて、他の女性に目を向けてこなかったからである。

彼女が他の男と結婚し、失恋が確定したというのに、尚人は未だに想いを断ち切れずにいた。もっとも、初恋を自覚してからも愛良一筋だったので、そう簡単に割り切れないのも仕方がなかろうが。

そんな相手と、さらにタイプは違うものの見目麗《みめうるわ》しい二人の女性に、これから二ヶ月近くコーチをするのだ。彼女たちが独身だったなら、期待でもっと胸が高鳴ったに違いあるまい。しかし、いずれも他人の妻では迂闊《うかつ》なことをする気にはならなかった。

（まぁ、そのほうが雑念が湧かなくていいけど。とにかく、これは仕事なんだから、しっかり割り切ってコーチを務めないとな）

そう考えた尚人は、三人の人妻から目を離して、自分のストレッチに専念するのだった。

第一章　女子更衣室で爆乳筆おろし

1

テニスコートに、打球音とボールがコートで弾む音が響く。

今、コートではベースライン上で愛良と真梨子がラリーを続けていた。とはいえ、ボールはやや山なりの軌道を描いており、打球のテンポはなんとものんびりしており、打ち合う二人の動きも決して素早いものではない。

もちろん、ラリー自体は成立しているのだから、実力的には大したことがないとはいえ、さすがはテニスの経験者同士と言うべきかもしれないが。

もっとも、全国レベルのプレーをずっと見てきた尚人からすると、あくびが出そうなくらい緩慢な速度である。もしも試合に出るつもりならば、「もっと気合いを入れろ」と注意されるに違いない。しかし、「テニスを楽しむ」という火・金の活動コンセプトを鑑《かんが》みれば、あれでも充分だろう。

（それにしても、二人ともストロークのたびにオッパイが揺れて……）

テニス経験が、合計でも半年未満の美南の面倒を見ていた尚人だったが、ついつい隣のコートに視線を送って、そんなことを思っていた。

爆乳の真梨子はもちろんだが、巨乳の部類に入る愛良もスポーツブラでは抑えきれず、ラケットを振るたびにバストが動く。それに加えて、ポニーテールが揺らめく様《さま》が、なんとも魅惑的に思えてならない。

そして何より、爆乳人妻のバストは、ほぼ真横から見ても動きが分かるくらい大きく揺れていた。おそらく、漫画なら「タプン、タプン」という擬音がつくのではないだろうか？

ある程度は予想していたものの、これほどの揺れを目《ま》の当たりにすると、どうしても関心が向いてしまうのを抑えられない。

高校では、女子のプレーをここまで近くで見る機会がなかったため、胸の動きなどはせいぜいテレビ中継で目にする程度だった。しかし、画面越しではなくじかに見ると、バストの揺れ具合がなんとも生々しく、また実に男心をくすぐってやまない気がする。

そんなことを思っていると、自然に股間のモノが体積を増しそうになってしまった。

（イカン、イカン。今は、八畑さんの指導に集中しなきゃ）

理性を総動員した尚人は、なんとか隣のコートから視線を外し、フォアハンドの素振りをしている小柄な人妻に目を向けた。

美南は、五月に真梨子に誘われて入会するまで、中学一年の、それも入学から一ヶ月ほどしかテニス部にいなかったそうである。あとは、高校時代など授業で軽くプレーした程度だそうなので、ほぼ初心者と言って差し支えあるまい。

それでも一応、倶楽部の入会から二ヶ月ほど経っているので、自分が立っている位置に来たボールを相手コートに打ち返すくらいはできるようになっている。ただ、動くとすぐにフォームが大きく崩れて球筋が乱れてしまうため、どうにかしようとしていた矢先に、前のコーチが急に辞めることになったそうだ。

「八畑さん？　来たボールを打つつもりで、左右に動いてフォアの素振りをしてみてもらえます？」

尚人がそう指示を出すと、美南が「はい」と応じて、フットワークをしながらスイングをしてみせる。

「……ああ、やっぱり。動いて打つとき、左手がダランとしていますね？　左手を上手に使わないと、フォームが安定しないんですよ。最初のうちは、こんな感じでテイクバックの途中まで、両手でラケットを後方に持っていく感じを意識してください」

と、尚人は軽く横に動いてから、手本となるスイングをした。

「えっと、こう……ですか？」

美南が、こちらのフォームを真似てラケットを振る。

「ちょっと違いますね。それだと、左手を後方にやり過ぎです。ここらへんで、こうする感じで」

と、尚人はまた手本のスイングをしてみせた。

だが、それを見てビギナーの人妻が、改めてスイングをしたものの、どうしても違いが生じてしまう。

(うーん……やっぱり、口で説明するだけじゃ、イマイチ上手《うま》く伝わらないなぁ。どうしよう？)

高校三年のとき、現役続行を諦めて一年生の面倒を見ていた際は、相手が男子ということもあって遠慮なく身体に触り、フォームなどのアドバイスをしていた。しかし、今の教え子は見目麗しい七歳上の人妻なので、さすがに同性と同じように触れるわけにはいくまい。いくらコーチとはいえ、触れ方次第では「セクハラ」と言われる恐れがある。

それに何より、異性との接触経験が乏しい尚人は、「女性に触る」ということに対して、過剰な緊張を覚えずにはいられなかった。しかも、握手程度ならばまだしもフォームの修正となれば、それなりの接触は避けられないのだから、なおさらである。

とはいえ、このまま口頭で説明していても、無駄に時間がかかるだけな気もする。

(ああ、もう。今の僕はコーチなんだし、お金ももらっているんだから、緊張するからって指導を投げだすなんてできないよ)

そう考えた尚人は、胸の高鳴りをなんとか抑えながら、口を開くことにした。

「えっと、八畑さん？　その、僕が後ろからスイングの修正をしたいんですけど……さ、触ってもいいですか？」

すると、美南が素振りをやめて一瞬、目を大きく見開いた。が、すぐに、

「えっ？　あっ……あの……は、はい。お願いします。わたし、運動神経があまりよくなくて、なかなか上手にできないものですから……」

と、遠慮がちに応じる。

どうやら、触っての指導のほうが分かりやすいことは、彼女も理解しているらしい。

「じゃあ、失礼します。えっと、移動してからのフォームなんですけど、テイクバックはよくなっていているんですけど、スイングのときに左肩をもっと使ってください。こうして……」

と、尚人はドキドキしながら後ろから小柄な人妻の左手の手首を摑《つか》んだ。

その瞬間、美南が身体をわずかに強張《こわば》らせた。さすがに、コーチとはいえ夫以外の男に触れられることに緊張しているのだろうか？

もっとも、尚人のほうも彼女に触った途端、思いがけない事態に心臓が大きく飛び跳ねていたのだが。

（今日もそこそこ暑くて、八畑さんも汗をかいているから、に、匂いが……それに、体温も感じられて……）

ＹＺ市は、海が近くて高い建物もほとんどないおかげで風がよく抜けるからか、最高気温が東京のように摂氏三十五度以上の猛暑日になることは滅多にない。また、太陽が傾き始めれば気温も下がりやすく、昼頃にどれほど気温が上がっても十五時を過ぎると大抵は三十度を下回る。

とはいえ、湿度が高めなこともあり準備運動やレッスンをしていれば、すぐに汗をかく。そのせいで、こうして近づくと小柄な人妻の汗の匂い、それに手だけでなく肉体自体が熱を帯びているのも、はっきりと感じられるのだ。

（これが、愛良姉ちゃん以外の、女の人の匂い……）

子供の頃の尚人は、姉のような幼馴染《おさななじ》みに抱きしめられたり抱っこされたりするたび、彼女から漂《ただよ》ってくる匂いに胸を高鳴らせていたものである。

最後に抱きしめられたのは、もう十年近く前になるので、さすがに記憶はかなり曖昧《あいまい》になっているものの、美南の匂いが思《おも》い人《びと》と違うのは間違いない。

もっとも、あのときの愛良は汗をかいていたわけではないし、体臭は年齢によって変化するとも聞いたことがある。したがって、十代の少女と二十七歳の人妻の匂いを比べるのはナンセンスかもしれない。

それに、どちらがいいというものでもなく、子供の頃に嗅いだ愛良の匂いも、大人の美南の匂いも魅力的なことに変わりはないのだ。

「あ、あの、コーチ？」

という小柄な人妻の怪訝《けげん》そうな声で、尚人はようやく我に返った。

彼女の汗の匂いと体温を感じたせいで、我知らず呆《ほう》けていたらしい。

「あっ。す、すみません。えっと、ラケットを振るときは、上腕越しにボールを見るような感じにしましょう。そうして、左腕をこう畳んでラケットを振り切ります」

尚人は、慌てて美南に手の動きをアドバイスした。

そうやって一度動かしてから、すぐに手を離してやや距離を取る。

さすがに、彼女の匂いと温《ぬく》もりをずっと感じていたら、股間のモノがたちまち体積を増してしまいそうだ。

「えっと、こう……でしょうか？」

こちらの動揺を知ってか知らずか、美南が自分でスイングをしてみせる。

「そうです。そんな感じ。ああ、ラケットの角度に気をつけてください。テイクバックのときに面が地面に垂直だと、ボールに当たる瞬間に上向きになって、ホームランになりやすいですから」

「そ、そうなんですね。分かりました」

尚人の指導で、さらに小柄な人妻がフォームを確認するように素振りをする。

（うーん……ビデオカメラでも用意して、スイングのチェックをできるようにしたほうがいいかもなぁ）

素振りを続ける美南を見ながら、尚人がそんなことを考えていたとき。

「もう。美南ばっかり尚人に見てもらって、ズルイわよぉ」

という声と共に、いきなり右腕後方に大きなバストが押しつけられた。

反射的に目を向けると、眼前に真梨子の美貌がある。

また、顔がかなり近づいたため、美南とは少し違った彼女の汗の匂いが、ほのかに鼻腔をくすぐる。

「うわっ！　ご、後藤田さん!?」

「こら、尚人？　あたしのことは、『真梨子』って呼んでって言ったでしょう？」

素《す》っ頓狂《とんきょう》な声をあげ、慌てて離れた尚人に対し、爆乳人妻がムッとした表情を見せながら言う。

真梨子は、こちらを驚かせたことよりも、自分の呼び方のほうが気になるらしい。

「いや、それはさすがに……」

「何よ？　愛良は名前で呼んでいるんだし、あたしだってそうしてくれてもいいんじゃない？」

「そ、それは愛良姉ちゃんは幼馴染みで、子供の頃からずっと呼んでいた癖みたいなもので……それに、コーチと教え子のけじめと言いますか……」

彼女の指摘に、尚人はやや しどろもどろになりながらそう応じていた。

実際、異性との交際経験がまったくない尚人にとって、女性を名前で呼ぶというのはかなり特別なことだった。

愛良に関しては、物心がつくまで本当の姉と思っていて「お姉ちゃん」と呼んでいたが、隣人と意識するようになってから、「愛良姉ちゃん」と呼び方を変えた記憶がある。ただ、それも小学校に上がる前の話だ。

この年齢になって、思い人以外の女性を名で呼ぶというのは、いささかハードルの高いことに思えてならない。

また、コーチという立場もあるし、何より教え子の三人は年上で人妻なのだ。名で呼ぶなど、あまり親しげに振る舞うと妙な誤解を招きかねないのではないか、という不安もある。

「こんなに緩い活動で、けじめなんて別に気にしなくていいわよ。コーチと教え子っていうより、テニスを楽しむ仲間くらいの感覚のほうが、お互いに楽しく活動できると思わない？」

という真梨子の言葉に、尚人は「それは、まぁ……」と口を濁《にご》すしかなかった。

実際、試合に出るようなプレーをするわけではないので、動きながら相手コートにボールをきちんと返せる程度になれば、基本的には問題ないのである。彼女の言うとおり、それくらいのサークル活動でコーチと教え子という区分けを明確にしても、大して意味があるようには思えない。

「真梨子さん、尚人くんが困っているじゃないですか？　尚人くん、無理に呼び方を変えようとしなくてもいいのよ？　自分が呼びやすいようにすればいい、と思うわ」

こちらにやって来た愛良が、汗を拭《ふ》きながらそんなことを言った。

もっとも、彼女は「尚くん」ではなく「尚人くん」と呼んでいるのだから、友人とはいえ人目を気にしているのは間違いないのだが。

ただ、これ以上の問答をしていても時間の無駄だろう。

「それじゃあ……えっと、ま、真梨子さん」

尚人は、意を決して爆乳人妻の名を口にした。

こうして、愛良以外の女性の名を言葉にすると、何やらむず痒さにも似た照れくささを感じずにはいられない。

「ふふっ、名前を呼ぶだけで照れちゃって。尚人って、本当にウブねぇ」

と、からかうように言われて、尚人はつい無言のまま彼女から顔を背《そむ》けていた。

どうも、初日にして真梨子には、自分が交際を含む女性経験が皆無なのを、完全に見抜かれている気がしてならない。

「ええと……それで、どうしたんですか？　何か、分からないことでも？」

内心の動揺を誤魔化すように、尚人はそう問いかけた。

「ああ、そうだったわ。実はね……」

こちらの思いを知ってか知らずか、爆乳人妻がテニスの技術的な質問をしてくる。

それに対し、尚人もどうにか気持ちを切り替えて、彼女の投げかけてきた疑問の答えを考えるのだった。

2

尚人が、ＹＺ女子テニス倶楽部の臨時コーチを引き受けて、二週目の金曜日。

「うふふ……尚人ぉ」

女子更衣室のロッカーを背にした尚人に、テニスウエア姿の真梨子が妖《あや》しげな笑みを浮かべながら、正面から抱きつくように身体を密着させていた。

こちらはというと、思いがけない事態に硬直しており、今や身動きが取れない状態である。

更衣室は、衣服や荷物を入れるロッカーが壁際に十台ずつ並び、通路中央には二〜三人掛けのピンク色のベンチが三台、出入り口と反対の奥のシャワールームにはブースが三室という構造になっている。この広さや構造は、ベンチの色を除いて男子更衣室とまったく違いがない。

もっとも、他に人がいないというのに女性の匂いがほのかに漂い、男子更衣室とまるっきり違うように思えてしまうのは、尚人が場所を意識しすぎているせいか、それとも真梨子に抱きつかれるような格好になっているせいなのか？

とにかく、ロッカーを背にした体勢だと、こうして正面から身体をくっつけられると逃れようがない。そのため、先ほどまで腕で味わっていた彼女の爆乳の感触が前面からはっきりと感じられた。

すると、もともと大きくなっていたショートパンツの奥の一物に、さらに血液が流れ込んで体積がより増してしまう。

（八畑さんが軽い熱中症になったから、愛良姉ちゃんが付き添うことになって……それなのに、どうしてこうなった？）

予想外の出来事の連続に、尚人は現実逃避するかのように、自身の身に起きたことを思い返していた。

今日も、ほんの三十分ほど前まで、尚人は三人の人妻のコーチをしていた。

ところが、レッスンの途中で小柄な人妻が不調を訴えたのである。

高校時代、都内の炎天下のテニスコートで練習していたこともあり、尚人は彼女が熱中症の初期症状を起こしている、とすぐに思い当たった。

今日はよく晴れて、YZ市では珍しく十五時半頃になっても気温が三十度ほどあり、しかもかなり蒸していた。熱中症を起こしやすい気象条件だ、と言っていいだろう。

熱中症は、水分補給、涼しい場所での休息、身体を冷やすというのが基本的な対処法である。もちろん、意識が朦朧《もうろう》となっていたら救急車案件だが、幸いと言うべきか美南はまだ少し気持ち悪くなった程度で、受け答えはしっかりできていた。そのため、尚人は彼女に帰宅して静養するよう指示を出したのである。

ただ、いくら自宅がテニスコートから徒歩圏内とはいえ、具合の悪い人間を歩いて帰らせるわけにもいかず、また帰宅後に症状が急変するリスクもある。そのため、愛良がタクシーを呼んで美南に付き添うことになった。

しかし、二人が帰るなら今日は早く切り上げようか、と尚人が考えていたところ、真梨子は「あたしは、レッスンを継続したいな」と言ったのである。

意外な申し出に困惑したが、まだレッスン時間が半分近く残っているので、継続を求める声を拒むことはできない。

そこで、愛良たちを見送ったあと二人きりのレッスンとなったのだが、少しして今度は真梨子が体調不良を訴えたのである。

そのため、涼しい更衣室で休ませることにしたのだが、「一人では歩けない」と言う爆乳人妻の身体を支えようとしたところ、彼女が腕を絡《から》みつけてきた。

そうして腕を組めば、当然の如く大きなバストが押しつけられることになり、尚人は焦《あせ》りを禁じ得なかった。何しろ、子供の頃はともかく、思春期以降に女性の乳房をここまではっきり感じたのは初めてだったのである。

おかげで、歩きながら一物《いちもつ》が大きくなっているのに気付かれないよう、相当に気を使う羽目になった。

それでも、どうにかこうにか女子更衣室前まで来た途端、真梨子は尚人の手を摑んで室内に引っ張り込んだ。かくして、今の状況になっている次第である。

「ま、真梨子さん？　熱中症は？」

「ああ。もう気付いていると思うけど、それは嘘。人のいないところで、尚人と二人きりになりたくてねぇ」

パニック状態で尚人が捻《ひね》り出した問いに対し、爆乳人妻が妖しい笑みを浮かべたままそう応じる。

実際、身体を支えて女子更衣室まで連れてくる際に、熱中症にしては体温が普通で、足取りが意外としっかりしていたので、いささか疑問は抱いていたのである。それでも、体調不良を訴えている以上は放置できないため付き添ったのだが、案の定、仮病だったらしい。

「あ、あの、離れて……」

「嫌よ。尚人だって、本当はこうされて嬉しいんでしょう？　さっきから、ずっとショートパンツにテントが張っているし」

尚人が、どうにか理性を振り絞って言った言葉を、真梨子がいともあっさり切って捨てる。

（ち、チ×ポが大きくなっていることに、気付かれていたんだ……）

もちろん、特殊性癖でもない限り、爆乳を押しつけられて勃起を我慢できる真性童貞などそうそういまい。だが、こうして改めて指摘されると、いささか情けなさを感じずにはいられなかった。

「そんな顔をしないで。このオッパイで興奮してくれて、あたしは嬉しいんだから」

と言うと、彼女はいったん尚人から身体を離した。そして、躊躇《ちゅうちょ》する素振りも見せずに、「よいしょ」というかけ声と共にワンピースタイプのテニスウエアを脱ぎ、スポーツブラとアンダースコートという格好を晒《さら》す。

その姿に、尚人は思わず目を見開いていた。

女性の下着姿を生で見たのは、いったいいつ以来だろうか？　少なくとも、愛良と風呂に入らなくなってからはまったく記憶がないので、十数年ぶりになるはずだ。

もちろん、写真や動画や漫画では目にしているが、こうして生の女性の、しかも十歳上の教え子の下着姿を間近で見ると、胸の高鳴りを禁じ得ない。

さらに、彼女はスポーツブラを自らめくり上げた。すると、大きなバストがボンッと飛び出してくる。

（うわっ。こ、これが真梨子さんの生オッパイ……想像していたよりも、もっと大きくて、それに乳首も……）

尚人は、二つのふくらみについつい目を奪われていた。

スポーツブラをしていてもかなりのものだったが、抑えていた下着から解放された彼女のバストは、予想以上の大きさだった。

しずく型のやや下方を向いた乳房は、見るからに柔らかそうで、触り心地がよさそうである。その頂点にある乳首は、乳輪が大きめで色も濃いピンクをしており、中心の乳頭が少々屹立《きつりつ》していた。ただ、そんな生々しさが、むしろ興奮材料に繋《つな》がっている気がしてならない。

「ふふっ、マジマジとオッパイを見て……尚人、レッスン中もよくあたしの胸を見ていたものね。本当に、オッパイが好きなんだぁ？」

「あっ……す、すみません」

真梨子にからかうような口調で指摘をされて、ようやく我に返った尚人は、思わず謝罪を口にしていた。

まさか、レッスン中の視線にまで気付かれていたとは、いささか予想外と言うしかない。

愛良の態度から考えて、爆乳人妻がこのことを話したとは思えないが、もしも邪《よこしま》な視線を思い人に知られたら、と想像するだけで不安が込み上げてきてしまう。

だが、真梨子は軽く肩をすくめて、さらに言葉を続けた。

「別にいいわよ。今さっきも言ったけど、あたしはこの胸で尚人が興奮してくれることが、嬉しいんだから。それよりも、オッパイを触ってみたくなぁい？　ううん、オッパイだけじゃなくて、あたしの身体を好きにしたくないかしらぁ？」

「ゴクッ。それって……？」

「もちろん、セックスの誘いよ」

生唾を飲みながら問いかけた尚人に対し、爆乳人妻があっけらかんと応じる。

当然、彼女が言わんとすることは尚人も想像がついていた。それでも、間違えていたらと考えると確認せずにはいられなかったのだが、どうやら正解だったらしい。

「だ、だけどこんなところで……」

「むしろ、ここだから誰にも気付かれずにできるのよ。今日は、夜まで次の予定が入ってないし、事務局の人だって尚人が声をかけるまでは更衣室に来ないでしょう？」

なんとか思いとどまらせようとした尚人の言葉を、真梨子があっさりと論破する。

ＹＺ女子テニス倶楽部が使っているテニスコートは、夜には別のクラブが使用することになっている。ただ、そちらの人間がコートに来るまではまだ二時間以上ある。

また、別のテニスクラブが使う前に更衣室の掃除が入るものの、それはもっとあとの時間なので、レッスンの途中の今ならば誰かが来る心配もない。

「で、でも、その、ま、真梨子さんは人妻で……」

尚人は、なお彼女を思いとどまらせようと、そう口にしていた。

真梨子の誘惑の言葉は、まさに不倫への誘いである。

だが、尚人にはそのような関係に踏み切る度胸などなかった。もしも、自分にそんな胆力があったら、結婚した愛良に玉砕覚悟で想いを伝えていただろう。

「ああ、不倫になるってことは、あんまり気にしなくていいわ。実はね、あたし今、夫とセックスレスになっていてさ。もう一年くらい、ご無沙汰なのよ」

予想外の言葉が、彼女の口から出てきて、尚人は「へっ？」と間の抜けた声をあげていた。おそらく、表情も相当に呆けた感じになっていたに違いあるまい。

「尚人って、童貞でしょう？　エッチの経験がないなら、将来に備えて女性の扱い方をちゃんと知っておくべきだと思うなぁ。これ、いい機会じゃないかしら？」

こちらが、セックスレスへの疑問を抱くより先に、真梨子がやや前屈みになり、爆乳をことさら見せつけるようにしながらそんなことを言った。

（た、確かに真梨子さんの言うとおりだけど……）

愛良への想いが成就するか否かは別として、尚人自身にも二十歳まで真性童貞で来たことに焦りがまったくない、と言ったら嘘になる。

ただ、そうは思っても、さすがにこのような誘いに、おいそれと乗る気になれなかった。

もともとの性格もあるが、愛良への断ち切れない思い、不倫への罪悪感、コーチと教え子という立場、さらに女子更衣室という場所などの要素が心の中でない交ぜになっていて、爆乳人妻の誘惑に首を縦に振ることに、どうしてもためらいが先に立ってしまう。

「はぁ。やっぱり、尚人のほうからっていうのは、ちょっとハードルが高かったかしらね？　仕方ない。それじゃあ……」

　そう言うと、真梨子が再び身体を押しつけてきた。そして、今度は顔をズイッと近づけてくる。

（な、生オッパイが……）

　胸のあたりに乳房の感触が広がった瞬間、尚人の思考回路はたちまちショートしてしまった。

　先ほど、テニスウエアとスポーツブラ越しで感じていたが、布地が自身のポロシャツしかないと、ふくよかで柔らかな感触がいっそうはっきりと分かる。それに、体温もしっかりと伝わってきた。

　さらに、身体が正面から近づいたことで、鼻腔に流れ込んでくる匂いもより強まり、牡《おす》の本能を刺激してやまない。

　尚人が呆然と硬直していると、真梨子の顔がますます接近してきた。そして、「んっ」という声と共に、唇が重なる。

　爆乳人妻の美貌が目の前いっぱいに広がり、唇が柔らかな感触に包まれる。

（き、キス……）

　尚人は、それ以上のことを考えられず、目を見開いたままただ立ち尽くして、彼女の行為を受け入れていた。

3

「ピチャ、ピチャ……レロロ……」

「ううっ！　はうっ、それっ……くうううっ！」

女子更衣室に、真梨子の舌の音と尚人の喘《あえ》ぎ声が響く。

今、下半身を露出し、ロッカーに寄りかかった尚人の足下にしゃがみ込んだ爆乳人妻が、熱心にペニスを舐《な》め回していた。

胸の感触とキスで、こちらの頭が真っ白になっている間に、彼女は「先に、一回射精しちゃいましょうねぇ」と言って跪《ひざまず》いた。そして、ためらう素振りも見せずに尚人のショートパンツとトランクスを下ろして下半身を露《あら》わにすると、いきり立った肉棒に奉仕をしだしたのである。

止める間もない早業《はやわざ》と言うよりは、呆けている間に流れ作業のようにされてしまって、気がついたらフェラチオが始まっていた、という感じだ。

とはいえ、いざ行為がスタートすると、もたらされた心地よさにたちまち酔いしれて、制止する気など一瞬で失せてしまったのだが。

何しろ、舌で一物を舐められる初めての刺激は、自分の手とはまったく異なり、這うたびに今まで味わったことのない甘美な感覚だったのである。この快楽に抗《あらが》うことなど、性欲のある若者にはまずできまい。

真梨子の舌が、先端からカリ、そして竿へと移動していくと、性電気も合わせて鮮烈なものから少しもどかしさを伴うものへと変化する。その快楽の前では、童貞の青年はただ喘ぐことしかできなかった。

(チ×ポを舐め回されるの、すごく気持ちよくて……)

もはや、それ以上は考えるのも難しく、爆乳人妻の行為にひたすら酔いしれるしかない。

すると、彼女が急に舌を離した。

そのため、ペニスからの快電流が止まってしまう。

思わず視線を下げると、真梨子は「うふっ」と妖艶な笑みを浮かべてから、口を大きく開けた。そして、見せつけるようにゆっくりと亀頭に口を近づけていく。

(ま、まさか咥えるつもり……?)

彼女が何をしようとしているかを悟って、尚人は目を見開いていた。

しかし、その行為をやめさせようという考えは、まったく湧いてこない。むしろ、アダルト動画やエロ漫画で見て憧れていたプレイの一つをしてもらえる、という期待で胸がますます高鳴っているくらいだ。

見守っていると、肉棒の先端が真梨子の口に入った。途端に、生温かな感覚が亀頭から伝わってきて、思わず「うっ」と声がこぼれてしまう。

真梨子は、そのまま肉棒を咥え込んでいった。そうして、根元近くまで入れたところで、「んんっ」と声を漏らして動きを止める。

（ほああ……チ×ポ全体が温かくて……こ、これが口の中……）

分身の大半を他者の口内に含まれた初めての感覚に、尚人は完全に浸《ひた》りきっていた。女性の手に包まれた感触も、自分の手と違って心地よかったが、これはまた別格と言える。

口蓋に少し当たっている先っぽ、歯が微かに触れ、唇に包まれている竿。そして、肉棒の大半は口の中の空間にあって、生温かな空気に覆われている。

こんな感覚は、生まれてから一度も味わったことがない、と言っていい。

また、ペニスをすべて含みきれず、根元近くがわずかに外に出たままになっているのも、なんとも生々しく感じられる。

尚人が口内の感触に酔いしれている間に、爆乳人妻は息を整えていた。そうして、確認するようにゆっくりとしたストローク運動を開始する。

「んっ……んぐ……んむ……んじゅ……」

「ふおっ！　そ、それは……ううっ！」

途端に、それまでとは違った快感がもたらされて、尚人の口から自然にそんな声がこぼれ出た。

動画などを見ながら想像はしていたが、唇で竿をしごかれる感覚は、手とはまったくの別物に思えてならない。また、舐められるのとも心地よさの質が異なる気がした。

とにかく、彼女が顔を動かすたびに、唇が触れている部分だけでなく分身全体から性電気が発生し、脊髄《せきずい》を伝って脳を灼《や》くのだ。たとえ、指で輪を作ってしごいたとしても、これほどの気持ちよさは生じないだろう。

この快楽を知ってしまうと、もう自分の手による行為では満足できなくなってしまいそうだ。

ひとしきり、ゆっくりしたストローク運動を続けていた真梨子だったが、尚人のペニスに慣れてきたのか、少しずつ動きを大きくし、さらに速めだした。

すると当然、肉棒への刺激も増す。

「ふあっ、ああっ、まっ、真梨子さん！　くうっ、それっ……ううぅっ！」

予想を遥かに上回る心地よさを前に、尚人はただ喘ぐことしかできずにいた。

ロッカーに寄りかかっていなかったら、あっさり腰が砕けてへたり込んでいたかもしれない。

そうして、尚人がもたらされる快感に翻弄《ほんろう》されていると、急に爆乳人妻が「ふはっ」と声をこぼして、一物を口から出した。

「はぁ、はぁ……尚人のチン×ン、本当にすごく大きいわぁ。ずっと咥えていたら、顎が疲れちゃいそう。あたし、夫以外のチン×ンもいくつか知っているけど、こんなサイズは初めてよ。これだけ立派なモノを持っているのに童貞だったなんて、なんだか勿体《もったい》ないわねぇ。ま、そのぶんこっちは愉《たの》しめるけど」

息を切らしながら、彼女がなんとも楽しそうにそんなことを言う。

他人と比べた経験がないので、尚人は自分の勃起のサイズについてはまるで意識していなかった。しかし、どうやら爆乳人妻も目にしたことのない大きさだったらしい。

すると、真梨子が目を細めて言葉を続けた。

「んふっ、カウパーが出てるぅ。尚人、もうイッちゃいそうなんだぁ？」

実際、分身の先端の割れ目からは、既に唾液とは異なる透明な液が溢《あふ》れだしていた。

それに、腰のあたりに込み上げてきた熱が、いつの間にか陰茎の先端のほうに向かっている。正直、あと少しストローク運動を続けられていたら、たちまち限界を迎えていただろう。

「あたしとしては、もうちょっと愉しみたかったんだけど、初めてのフェラじゃあ仕方がないか。でも……」

そこまで言って、爆乳人妻が思案する素振りを見せた。が、すぐに何やら思いついたらしく悪戯《いたずら》っ子のような笑みを浮かべながら口を開く。

「このまま、フェラでイカせてもいいけど、せっかくの初めてなんだし、どうせならもっといいことをしてあげちゃおうかしらねぇ？」

（フェラよりもいいこと？　そんなの、本番以外にあるのかな？）

朦朧とした尚人の心に、そのような思いがよぎる。

だが、いきなり挿入したら、一瞬で達してしまうのは容易に想像がつく。

未経験か経験が少ない女性ならともかく、真梨子がこちらの状況を分からないはずがあるまい。であれば、いったい何をする気なのか？

尚人がそんな疑問を抱いていると、彼女はたくし上げたままのスポーツブラを「よいしょっ」と脱ぎ、上半身を完全に露わにした。

そうして、傍らにブラジャーを置くと、大きなバストをペニスに近づけてくる。

こちらがあれこれ考えるよりも先に、真梨子は乳房の谷間に肉棒を入れた。そして、両手を脇から挟み込む。

柔らかなふくらみに陰茎を包まれた瞬間、甘美な心地よさがもたらされて、尚人は「はううっ!」と声をあげていた。

(お、オッパイでチ×ポを……)

思ってもみなかった行為に、尚人は驚きを隠せずにいた。

実際にこうなってみれば、「パイズリ」という行為をアダルト動画やエロ漫画で目にしていた、と思い出せる。それに、愛良にしてもらうのを妄想したことも、少なからずあった。

しかし、フェラチオなど初体験の興奮のせいで、頭から綺麗に抜け落ちていただけに、現実にされたことに対して意表を突かれたような感覚は否めない。

それにしても、口はもちろん手とも異なる感触に分身をスッポリ包まれているのは、なんとも不思議な感じがしてならなかった。

もともと爆乳だからか、彼女のふくらみは柔らかく、そうして皮膚同士が密着すると、分身と乳房が一体になっているかのようにも感じられる。

「はぁ、先っぽが出て……あたしのオッパイでも包みきれない大きさのチン×ンなんて、本当に初めてよぉ」

尚人がバストの感触に酔いしれていると、真梨子が陶酔した表情でそんなことを口にした。どうやら、彼女が今まで経験した男性のペニスは、この大きな乳房に埋もれてしまったようである。

そう分かると、少しだけ男としての自信が湧いてくる気がした。

「それじゃあ、始めるわねぇ。んっ、んっ……」

と、爆乳人妻が手を交互に動かして、胸の内側で肉茎をしごきだす。

「ふおおっ！　そ、それっ……くほおぉぉ！」

もたらされた鮮烈な快電流に、尚人は天井を仰《あお》ぎ、ここがどこかも忘れて大声で喘いでいた。

ふくらみの谷間でしごかれる気持ちよさは、手や口とはまた違ったものに思えてならない。それに、汗と先走り液が潤滑油になっているため、真梨子の動きも実にスムーズだ。何より、左右の乳房を交互に動かす行為で生じる性電気の心地よさは、これまで未経験のものだと言っていい。

（ああ……チ×ポが、とろけそうだよ……）

尚人は、初めてのパイズリにたちまち酔いしれていた。

もはや、彼女が人妻で、テニスの教え子で、ここが女子更衣室だということも気にならず、もたらされる快感をただただ味わうことしか考えられない。

「んふっ。尚人、気持ちよさそう。それじゃあ、次は……」

と口にすると、爆乳人妻は手の動きを止めた。そして、今度は膝のクッションを使って、身体を揺するように上下に動かして肉棒を擦《こす》りだす。

「うはうっ！　これはっ……はおううっ！」

さらに強烈な快感信号が脳に送り込まれてきて、尚人は素っ頓狂な喘ぎ声を室内に響かせていた。

この行為も知識としては知っているが、それによってもたらされる快感は想像を遥かに上回っている。

フェラチオはもちろん、手でしごかれるのとも違った心地よさが脳天を貫き、未知の快楽に心がたちまち染めあげられてしまう。

それに、なんと言っても十歳年上の教え子が跪き、爆乳の谷間に一物を挟んで奉仕をしてくれている光景が、とてつもない背徳感と共に興奮を煽《あお》ってやまない。

できることなら、この夢のような状況をずっと味わっていたい、という思いも湧いてくる。

だが、そういうわけにいかないのは、牡の本能的に仕方のないことだろう。

既に先走りが出るほど昂《たかぶ》っていたため、パイズリの刺激をこれ以上耐えるなどまず不可能と言える。

尚人が、快感で朦朧としながらもそんな危機感を抱きだしたとき。

「んふうっ、チン×ンッ、んはっ、ビクビクってぇ。んっ、このまっ、んふっ、出してぇ！　んっ、はっ、んっ、んっ……！」

そう口にして、真梨子が身体の動きを速める。

さすがは経験豊富な人妻だけあって、こちらが限界寸前なのを一物の様子から察したらしい。

ただ、問題は彼女が発した言葉だろう。

「こ、このままって、そんなことしたら顔に……はううっ！」

戸惑いの声をあげた瞬間、尚人はあえなく限界に達してしまい、呻《うめ》き声と共にスペルマを発射していた。

「ひゃうんっ！　出たぁ！」

勢いよく飛び出した白濁液が顔面を直撃し、真梨子が嬉しそうな声をあげる。

（ま、真梨子さんの顔に、僕の精液がかかって……）

アダルト動画などで、顔射シーンは何度となく目にしたことはあるが、現実に目の当たりにするとなんとも信じられないものを見ている気がしてならない。

いわんや、教え子の爆乳人妻の美貌に、白濁のシャワーを浴びせているのだ。ある意味、「淫夢を見ている」と言われたほうが納得がいきそうなくらい、現実感が希薄に思える。

ただ、そうした背徳感混じりの罪悪感が新たな興奮を生み出し、尚人の欲望はまったく収まることを知らなかった。

4

「んはああ……すごく濃いミルクが、いっぱぁい。一度に、こんなにたくさんのザーメンを出した人、初めてよぉ。尚人、溜まっていたのかしらぁ？」

射精が終わると、真梨子が陶酔した表情でそんなことを口にした。もちろん、それは質問というより独り言に近いものだったが。

ただ、尚人のほうも初のパイズリ射精の余韻に浸っていて、彼女の言葉は耳に届いていなかった。

とにかく、自分の手でしごいて射精しても、これほど気持ちよくなれたことがないのは間違いない。何より、女性の顔に精液をかけたという事実が、自慰では絶対に得られない征服感と昂りをもたらしてくれた。

フェラチオ、パイズリ、顔射というコンボで発射する快楽を知ってしまったら、もう自家発電では満足できないかもしれない。

尚人が、朦朧とした頭でそんなことを考えている間に、真梨子が顔の精を手で拭って口に運んだ。

「んっ……予想通り、ううん、それ以上に濃厚。味も匂いも、夫のなんて比べものにならない。こんなのを味わったら、本気で我慢できなくなっちゃうわぁ」

とろけるような笑みを浮かべながら、彼女がそう口にする。

(せ、精液を本当に口に……現実に、あんなことをする人っているんだ……)

尚人は、まだ鮮烈な射精の余韻で朦朧としながらも、驚きを隠せずにいた。

アダルト動画などでは、女優が白濁液を口に含むシーンはよく見るが、実はほぼ練乳などでスペルマに似せて作られたものだ、と聞いたことがある。それだけに、自分が出した正真正銘本物の精液を、自ら平然と口に入れて感想を言う一般女性が現実にいるというのは、少々意外に思えてならない。

ただ、尚人がそんなことを考えて呆然としている間に、爆乳人妻は顔に付着したものはもちろん、大きな胸に落ちた精液まで拭って、次々に口に運んでいた。

そうして、一通りの処理を終えたところで、発情しきった顔をこちらに向ける。

ある程度は拭い取ったとはいえ、まだ顔のところどころにスペルマが付着しており、また拭った場所にも粘り気のあるものがついた痕跡が残っている。

しかし、そんな光景がなんとも生々しく、興奮を煽ってやまない。

「尚人、そこに座ってくれる？」

と、爆乳人妻が唐突にベンチを指さした。

正直、射精の余韻でその場にへたり込みそうになっていた尚人は、爆乳人妻の指示の意図を考えることもできず、ロッカーから背を離してベンチに腰かけた。すると、思わず「ふう」と吐息がこぼれ出てしまう。

人生最大級の射精で、さすがに足腰にキテいたということを、今さらのように実感せずにはいられない。

ところが、尚人が一息ついた途端、真梨子が背を向けて膝の上に乗ってきた。

「ほえっ？　ま、真梨子さん!?」

美女の体重と温もりが急に感じられるようになり、尚人は思わず戸惑いの声をあげていた。

身長差があまりないため、膝に座られると髪から垣間見える彼女のうなじが眼前に
広がる。また、女性の芳香が再び鼻腔を刺激する。

しかし、こちらは爆乳人妻の意図が分からず、呆然と硬直するしかなかった。

「今度は、尚人があたしを気持ちよくしてくれる？」

後ろに目を向けた彼女が、そんなことを言う。

「そ、それって……？」

「オッパイを揉《も》んだり、オマ×コを弄《いじ》ったりしてって意味よぉ。キミだって、このオ
ッパイを手で触ってみたいわよねぇ？」

まだ朦朧としていて、言葉の意味を瞬時に理解できなかった尚人に、真梨子が妖し
い声で応じる。

先ほど、胸やペニスで味わったものに、今度は己《おのれ》の手で触ることができる。

そう意識しただけで、射精によって少しだけ収まっていた昂りが、たちまち回復し
てきた。

「んふっ。チン×ンは、やっぱり正直ねぇ。お尻に当たっているのが、ビクッて反応

して。いいのよ、好きに触っても」

と、爆乳人妻が促すように言葉を続けた。

ここまで言われては、いつまでも固まっているわけにもいかないし、むしろ触らないほうが失礼という気がしてくる。

「そ、それじゃあ……」

尚人は緊張を覚えながら、両手を彼女の前に回した。そして、思い切って二つの大きなふくらみを鷲掴《わしづか》みにする。

すると、指があっさり乳房に沈み込み、柔らかさが先に立つ感触が手の平いっぱいに広がった。

（うわぁ。これが、オッパイ……真梨子さんのオッパイの手触りなんだ……）

ずっと感触を妄想しながら、就学して以降は一度もじかに触れた記憶がない女性のバストに、今こうして現実に触っている。

そう意識するだけで、尚人は涙が出そうなほどの感動を抑えられなかった。

もちろん、乳房の感触に個人差があるのは当然なので、真梨子の爆乳の触り心地を標準と考えるべきではないのは分かっている。

それに、憧れの愛良のふくらみでもないのは、少し残念だと言える。

とはいえ、それでも少なくとも思春期に入ってから初めて触れた生バストなのだ。この感触は、一生忘れないかもしれない。

「んもう。尚人ぉ、早く揉んでぇ」

そう促されて、尚人はようやく我に返った。

ふくらみの手触りについつい浸りきって、手を動かすのをすっかり失念していたことに気付いた尚人は、「あっ。は、はい」と応じて、慌てて指に思い切り力を込めた。

すると、手の平いっぱいに柔らかな感触がより広がり、指が乳房のさらに深いところまでいっそう沈み込んでいく。

そうして力を緩めると、今度は反発力が働いて指が押し戻される。その手応えも、実に素晴らしい。

(オッパイの感触……すごくいい！　もっと、堪能したい！)

そんな牡の本能のまま、尚人は力任せにバストを揉みしだきだした。

「んあっ、くうっ！　尚人、ちょっと待った！」

すぐに、爆乳人妻が少し辛そうな声をあげた。

そのため、尚人は慌てて手の動きを止める。

「もう。好きに触っていいとは言ったけど、さすがにいきなり乱暴に揉みすぎ。初めてで興奮しているのは分かるけど、最初はもう少し優しくしてくれないと、いくらオッパイでもあんまり気持ちよくならないわよ？」

「す、すみません、つい……」

彼女の注意に、尚人はしょんぼりしながら謝罪した。

もちろん、真梨子の爆乳に触れたというのが、力任せになった大きな要因ではある。

しかし、牡の本能に理性が負けて、女性の反応を気にせず揉んでいたのは、紛《まぎ》れもない事実だ。

そう思うと、一物を褒められてついた男としての自信が、たちまち失われていく。

「ああ、尚人、落ち込まないで。テニスだって、初めて挑戦した技術をいきなり上手にはできないでしょう？　エッチも同じよ。最初は失敗しても、ちゃんと反省してできるようになればいいんだから」

こちらの心理に気付いたらしく、真梨子がそんなフォローを入れてくる。

実際、テニスでも初挑戦のテクニックをすぐに使いこなせることはほぼない。高度なものになるほど、身につくまで繰り返し練習した。それに、いくら動画を見たり技術書を読んだりして理解した気になっても、実際にやってみたらまるでできなかったのも、現役時代に何度も経験している。

「そう……ですね。分かりました。頑張るので、指導をお願いします」

「了解。ふふっ、テニスではコーチのキミが、エッチでは教え子だなんて、なんだか変な感じだわ」

こちらの言葉に、爆乳人妻が少し楽しそうにそんなことを言う。

確かに、こういうことに関しては、実践経験の差もあって、普段と立場が完全に逆転してしまう。

「それじゃあ、尚人？　まずは、オッパイを優しく揉んで。それで、女性の反応を見ながら少しずつ力を強めてちょうだい」

彼女の指示に、尚人は「は、はい」と応じて、緊張しながら慎重に愛撫を再開した。

「んっ……あっ、もう少し強くしても大丈夫。んんっ、そう、最初はそれくらい……んあっ、あんっ……」

アドバイスに従って指の力をやや強めると、爆乳人妻の口から甘い声がこぼれ出る。

このような反応は、先ほどはなかったものだ。

(くうっ。もっと力を入れて、オッパイの感触を思い切り愉しみたい……)

ふくらみを揉みしだいていると、そんな牡の欲望が心の中に湧き上がってきた。

だが、この衝動に負けてしまうと、先ほどのような失敗をするのは分かっている。

そのため尚人は、どうにか気持ちを抑えながら、力を入れすぎないように気をつけて愛撫を続けた。

「んあっ、あんっ、それぇ。ああっ、この感じっ、はうっ、久しぶりぃ！　ああっ、いいわぁ。んはっ、ああっ……！」

そうしていると、真梨子の喘ぎ声に心なしか艶《つや》のようなものが混じりだした。

「あの、もう少し力を入れてもいいですか？」

「んあっ、いいわよぉ。あたしも、ちょうど強くして欲しいって思っていたところだしぃ」

いったん手を止めて訊《き》くと、爆乳人妻が甘い声でそう応じる。

そこで尚人は、やや強めに愛撫を再開した。

「あうんっ！　そうっ！　ああっ、尚人の手っ、あんっ、いいぃぃ！　ああんっ、はうっ、あふうっ……！」

たちまち、真梨子が嬉しそうな喘ぎ声を更衣室に響かせだした。

背後から揉んでいるため、尚人は彼女の顔をまともに見られないのだが、時折見える横顔からは、充分に快感を得ている様子が窺《うかが》える。また、艶《なま》めかしい嬌声も興奮を煽ってやまない。

　何より、鼻腔をつく牝《めす》の匂いが心なしか強まった気がして、自然に昂りが増してしまう。

（もっと、真梨子さんの匂いを嗅ぎたい）

　そんな気持ちが、どうにも抑えられなくなり、尚人はいったん愛撫の手を止めた。

「真梨子さん、うなじに口をつけてもいいですか？」

「んあっ、うなじぃ？　いいけど……あっ、キスは駄目。跡がついちゃうから。舐めるだけにしてね」

　こちらの要求に、爆乳人妻がそう応じる。

　なるほど、いくらウェーブのかかった髪で隠れているとはいえ、うなじがまったく見えなくなる、というわけではない。もしも、首の後ろにあるキスマークを夫にでも見つかったら、大変なことになるのは容易に想像がつく。

「分かりました。じゃあ、舐めるだけで」

　そう言って、尚人は乳房への愛撫を再開しつつ、首筋に舌を這わせだした。

「レロロ……レロ、チロ……」

「はあんっ、それぇ！　ああっ、オッパイもっ、あんっ、うなじもぉ！　あううっ、感じちゃうわぁ！　あんっ、はううっ……！」

真梨子が、いちだんと甲高い喘ぎ声を女子更衣室に響かせる。

両方の胸に加えてうなじまで愛撫されて、相当な快感を得ているらしい。

(ああ、これが真梨子さんの汗の味……それに、匂いもはっきり強く感じられて、すごく興奮できる！)

舌と手を動かしながら、尚人はそんなことを思っていた。

こうして、改めて美女の匂いを嗅いでいると、それだけで昂りがいっそう増す気がする。

その高まった本能のまま、尚人はふくらみの頂点にある二つの突起を軽く摘まんだ。そして、クリクリと擦るように弄りだす。

「ふやあっ！　乳首ぃ！　ああっ、うなじもっ、ひゃううっ、これっ、あぁんっ、しゅごいぃぃぃ！　あああっ、ひううう……！」

たちまち、爆乳人妻の喘ぎ声が大きくなった。

もしも、更衣室が事務棟と同じ建物にあったら、もしかしたら建物中に響いていたのではないか、と思うくらいの大声である。

ただ、そんな彼女の様子が童貞青年の興奮をさらに煽る。正直、先に一発出していなかったら、今の真梨子の姿だけで暴発していたかもしれない。

「んあぁっ、尚人っ、はうっ、オマ×コッ、ああっ、オマ×コもっ、んはあっ、弄ってぇ！　ああっ、ひうっ……！」

喘ぎながら、爆乳人妻が新たな指示を出してくる。

その瞬間、尚人は愛撫をやめてうなじから口を離し、「オマ×コ……」と思わず呟いていた。

真梨子の口から、あまりにも生々しい言葉が出てきたこともあるが、何を求められているかを悟ると、驚きにも似た戸惑いと共に、緊張と昂りも覚えずにはいられない。

とはいえ、既に気恥ずかしさよりも好奇心が先に立っているため、尚人は「はい」と応じて片手を胸から離した。そして、アンダースコートの上から秘部の中央に指を這わせる。

途端に、真梨子が「はあんっ」と甘い声をあげた。

「わっ。けっこう濡れて……」

尚人は、指に伝わってきた感触に、思わずそう口走っていた。

実際、ショーツとアンダースコート越しだというのに、彼女のそこはかなりの湿り気を帯びていた。目では確認できていないが、白いアンダースコートに大きなシミができているのではないだろうか？

「指、動かしてぇ。オッパイの愛撫も、忘れないでね？」

そう要求されて、尚人はただただ言われたとおりに筋に沿って指を動かしだし、同時にふくらみを摑んだままの手の動きも再開し始めた。

「はあっ、ああっ、これっ、あんっ、いいっ！　んあっ、はうっ……！」

愛撫に合わせ、真梨子が甘い喘ぎ声をこぼす。

その声を聞いているだけで、挿入を求める牡の本能がムクムクと鎌首をもたげてきてしまう。

(で、でも、勝手にはできないし……真梨子さんの許可を取らないと)

尚人が、そんなことを思っていると、喘いでいた爆乳人妻がこちらに目を向けた。

「あふうっ、そろそろっ、あんっ、あたしも準備っ、ああっ、できたからぁ。あんっ、いったん、んんっ、愛撫をやめてぇ」

彼女の新たな指示を受け、尚人は何も考えられないまま手の動きを止めた。

「じゃあ、立つから手を離して」

重ねて指示を出されると、こちらは素直に従うしかない。

秘部と胸から手が離れるなり、真梨子はすぐに立ち上がった。

彼女の温もりや感触や匂いが失われると、尚人の中になんとも言えない無念さが込み上げてきてしまう。

こちらの様子に構わず、爆乳人妻はアンダースコートとショーツに手をかけ、ためらう素振りも見せず一気に引き下げて下半身を露わにした。そうして、それらを傍らに置いて尚人のほうを向く。

すると、逆三角形に整えられた濃いめの恥毛と、すっかり濡れそぼった秘裂が丸見えになった。

(あ、あれが本物のオマ×コ……)

合法では、映像でも画像でも見られない部位が今、遮《さえぎ》るものが何もない状態ではっきりと見えている。

もちろん、本来はいけない無修正物をこっそり見たことはある。だが、じかに目にしたそこは画面越しで見るのとは別物のように、生々しくも神秘的に感じられた。

尚人がそんなことを思って興奮を覚えていると、真梨子が背を向けてロッカーに手をつき、ヒップを突き出した。

「尚人ぉ？　このまま、チン×ンを挿《い》れてぇ」

こちらに目を向け、彼女が艶めかしい声でそう求めて、腰を小さく振る。

その妖艶さに、思考が半ば停止状態の尚人は、まるで誘蛾灯に引き寄せられるかのようにフラフラと立ち上がっていた。そして、本能的に爆乳人妻の背後に近づく。

こうして近くで美女の豊満な双丘を目にすると、排泄する部位すら神聖なものに思えてならない。

そんな感想を漠然と抱きつつ、尚人は牡の本能のまま片手でペニスを握り、もう片手で真梨子の腰を摑んだ。そうして、肉棒の角度を秘裂に合わせて先端をあてがう。

「んあっ、そこよぉ。早く、早く挿れてぇ」

甘い声で、爆乳人妻がそう訴える。

そこで尚人は、要求に従ってほとんど無意識に腰に力を込めた。

すると、分身の先端が割れ目をかき分けて、温かくぬめったものの中にズブリと入り込んでいく。

その初めての感触の心地よさに、尚人は思わず「ふわあ」と声をあげていた。

まさか、挿入した瞬間にこれほど気持ちよくなるとは予想外である。先に一発出していなかったら、ここまで我慢できたとしても、この時点で耐えきれなくなっていただろう。

そんなことを漠然と思いながら、尚人はさらに奥へと一物を進めていった。

間もなく、竿全体が温かなものに包まれ、下腹部にヒップが当たってそれ以上は入らなくなった。

途端に、真梨子が「んあああああっ！」と甲高い声をあげておとがいを反《そ》らす。

（す、すごい……チ×ポ全体が、温かくてヌメヌメしたものに包まれて……）

尚人は、爆乳人妻の様子を気にする余裕もなく、ただただ分身から伝わってくる感触に心を奪われていた。

無論、本番行為の妄想をするときに、膣内がどういう触感なのかは想像していた。

しかし、こうして実際に挿入してみると、その生々しさは予想以上のものがある。

とにかく、手やバストはもちろん口とも異なる、一物全体に絡みついてくるような感覚は、今までの人生で一度も経験がなかった。しかも、ただ絡みつくだけでなく、絶妙にヒクついているため、ジッとしているだけでも脳に性電気が流れ込んでくる。

口や胸もよかったが、これもまた別格の気持ちよさと言わざるを得ない。

「んふぅ……尚人、童貞卒業おめでとう」

と、真梨子がこちらを見て言う。

（ああ、そうか。僕、もう童貞じゃなくなったんだ……）

彼女の指摘で、そんな思いが心をよぎる。

しかし、もっと感動するかと思っていたのだが、いざ経験してみると膣肉の気持ちよさが先に立っているせいか、意外なくらい童貞喪失の実感がなく、特段の感慨も湧いてこなかった。

「そろそろ、動いてくれるかしら？」

そう促されて、尚人はようやく我に返った。

初めての膣の感触に酔いしれるあまり、セックスにおける重要な行動が頭から吹き飛んでいたのである。

「あ、はい。それじゃあ……」

と応じて彼女の腰を両手で摑むと、尚人は欲望のままに抽送《ちゅうそう》を開始した。

「んあっ！　ちょっとっ、あんっ、尚人っ、あうっ、ストップ！　んくうっ、いきなり強すぎっ！」

真梨子が辛そうな声をあげたため、尚人は慌てて動きを止めた。

「あ、あの……？」

「もう。オッパイのときにも言ったけど、いくら準備ができていても急にあんなに激しくされたら、普通は気持ちよくなれないわよ。特に、あたしは久しぶりなんだし。最初はもっと優しくして、女性の反応を見ながら少しずつ強くするのよ？」

爆乳人妻が、そうアドバイスを口にする。

「すみません。なんか、気持ちが抑えられなくて……」

　尚人は、罪悪感を抱きながら謝罪した。

　立ちバックは、かなり動物的な体位だからなのか、本能で腰使いが理解できた。そのため、つい牡の欲望に流されて荒々しいピストン運動をしてしまったのである。

「まぁ、初めてなんだから仕方がないわよ。テニスと同じで、失敗を繰り返さなければいいんだから。さあ、やってみて」

　そう促されて、尚人は「ふうー」と大きく息を吐いた。そして、今度はゆっくりとした抽送を始める。

「んっ、あっ……あんっ、いいっ！　あうっ、でもっ、んふうっ、あたしはっ、んはっ、もう少しっ、ああっ、強くてもっ、んあっ、平気ぃ！　あんっ、ああっ……！」

　すぐに、真梨子がそんなことを口にしたため、尚人は彼女の求めに従って腰の動きをやや強めた。

「はうっ、それぇ！　ああっ、いいわっ！　あんっ、奥っ、あううっ、来てるぅ！　はあっ、ああんっ……！」

　こちらの動きに合わせて、爆乳人妻の甘い喘ぎ声がより大きくなり、女子更衣室に響き渡る。

その声が、なんとも耳に心地いい。

（えっと、これくらいで感じて……もう少し、強くしても大丈夫かな？）

彼女の反応を見ながら、尚人はさらにピストン運動を大きくしてみた。

「んあぁっ！　あんっ、いいっ！　あうっ、それぇ！　はううっ、こんなっ、ああっ、深くぅ！　あんっ、しゅごいぃぃぃ！　はああっ、ああんっ……！」

たちまち、真梨子が今までより一オクターブ高い嬌声をこぼしだす。

どうやら彼女は、これくらいでも充分に感じられるらしい。

ただ、そうして抽送を大きくすると、下を向いた爆乳が合わせてタプタプと音を立てて揺れる。

後背位なので、じかに見えているわけではないが、音だけでも想像が掻き立てられて自然に興奮が湧いてきてしまう。

どうにも我慢できなくなった尚人は、いったん動きを止めると腰から両手を離して前に回した。そして、身体を押しつけるようにして二つのふくらみを鷲摑みにする。

途端に、真梨子が「はううんっ！」と声をあげておとがいを反らす。

尚人は構わず、バストを揉みしだきながら、やや荒々しいピストン運動を再開した。

「ひああっ、オッパイッ！　ああっ、オマ×コぉ！　はううっ、これっ、ああんっ、すごいのぉ！　ああっ、はううんっ……！」

真梨子が、顔を左右に振って髪を振り乱しながら、半狂乱といった様子で喘ぐ。

既に、少々乱暴な腰使いでも、充分に感じられるようになったらしい。

そんな彼女の姿に、いよいよ牡の本能を抑えられなくなった尚人は、バストと膣の感触を味わい尽くそうと、手に力を込めつつ腰を一心不乱に動かし続けた。

「はううっ、あんっ、すごっ、ああんっ、こんなっ、ひううっ、感じてぇ！　あううっ、初めてぇ！　ああああっ、ひゃううっ……！」

爆乳人妻も、こちらの行為を受け入れ、ひたすら喘ぎ続ける。

尚人は、もはやここが女子更衣室だということも忘れて、膣と乳房の感触、そして真梨子の甘い喘ぎ声に、ただただ酔いしれていた。

もしもこれが夢だとしても、この快楽に永遠に浸っていられるなら一生目覚めたくない、という思いすら湧いてくる。

だが、そのような願いも虚しく、尚人の腰には新たに熱いものが込み上げてきた。

「んああっ、尚人のっ、あんっ、中でビクッてぇ！　あううっ、いいわっ！　はあんっ、あたしもっ、ひゃううっ、もうすぐぅ！　ああんっ、このままっ、はああっ、このままっ、あううっ、中に出してぇ！　あんっ、あんっ……！」

真梨子が、そんな切羽詰まった声をあげる。

同時に、膣肉が妖しく収縮し始め、一物に甘美な刺激をもたらす。

そこで限界に達した尚人は、彼女の言葉の意味を考える間もなく、「くうっ！」と呻くなりスペルマを子宮に注ぎ込んだ。

「ひゃううううっつ、中に熱いのぉぉ！　んんんんんんんんんっ!!」

爆乳人妻も、最後のエクスタシーの声を嚙み殺しつつ、おとがいを反らして全身を強張らせる。

（はあぁ……これがセックス……すごく、気持ちよくて……）

尚人は、自分がしたことの意味も考えられず、ただただ自慰とは桁違いの射精の余韻に浸りきっていた。

第二章　童顔人妻を淫らコーチング

1

「はぁ……真梨子さん、僕になんの用だろう？　っていうか、僕はいったいどうしたらいいんだ？」

木曜日の午後、炎天下に自転車を漕ぎながら、尚人は思わずそう独りごちていた。

つい先ほど、尚人は爆乳人妻から電話で「お話があるから、ウチに来てちょうだい」と呼び出されたのである。

どんな話か気になったが、尋ねても真梨子は「来てから話すわ」とはぐらかすだけだった。

（エッチしたあと、責任云々《うんぬん》を追及するつもりはないって言っていたし、実際、前のレッスンのときも、真梨子さんはエッチする以前と特に変わらなかったからな。でも、「やっぱり責任を取って」って言いだすつもりで僕を呼んだとか？）

自転車を走らせる尚人の脳裏に、そんな不安がよぎる。

事実、前回のレッスンで爆乳人妻の態度は、関係を持つ以前とまったくと言っていいほど違いがなかった。

むしろ、彼女を意識してドギマギしている自分が、実は淫らな夢を見ていただけなのではないか、と思ったくらいである。もっとも、行為のあとにセックスの残滓《ざんし》を隠滅するためにあれこれやった生々しさも、記憶にはっきりと残っているので、あれが夢であるはずがないのだが。

ただ、関係を持ったからと妙にベタベタされると、愛良や美南に疑われかねない。そのため、真梨子の変わらない態度に安堵したのも事実だった。

とはいえ、尚人のほうは爆乳人妻ほど割り切れていなかった。

何しろ、ずっと愛良を想い続けていたのに、彼女の友人に誘惑されて童貞を捨ててしまったのである。その後ろめたさもあって、前回はレッスン中に幼馴染みと話すのもままならなかった。

それに、生の女体の感触を知ったため、美貌の教え子たちに近づくだけで股間のモノが大きくなるのを我慢する羽目になり、指導にまるで集中できなかったのである。

いくら、「楽しむテニス」がモットーの日の臨時コーチとはいえ、このままでは役割を果たせないかもしれない。

尚人が、そんなことを考えていた矢先、活動日でもないのに真梨子から呼び出されたのである。

本来なら、爆乳人妻とプライベートで会うのは避けたかった。しかし、肉体関係を結んだ相手から「話がある」と言われた以上、責任感の強さに定評のある男に「行かない」という選択など取れっこない。

そのため、尚人は駅一つ離れた彼女の家に、自転車で向かっているのだった。

スマートフォンに送られてきた地図に示された真梨子の家は、ＹＺ女子テニス倶楽部から徒歩で五分ほどの住宅地にあった。

愛良と美南とは、同じ町内会だという話なので、二人が住む家も近くにあるのは間違いない。ただ、もしも彼女たちのどちらかとバッタリ顔を合わせてしまったら、いったいどう説明をすればいいのだろうか？

（いや、もしかしたら二人きりっていうのは思い違いで、愛良姉ちゃんと八畑さんも呼んでいるかも？　あっ。まさか、旦那さんに関係がバレたとか？　だったら、どうしよう？）

そんなことを考えている間に、尚人は二階建ての一軒家の前に到着した。

玄関前に掲げられた表札に「後藤田」と出ているので、ここが爆乳人妻と夫が住んでいる家のようである。

「ほえ～。立派な家だなぁ」

尚人は、その住宅を見上げてついそう口にしていた。

確か、借家という話だったが、真梨子の邸宅は尚人の家よりも二回りほど大きい。庭こそないものの、そのぶん建築面積をより多く取っているのは間違いなく、インナーガレージのある一階はともかく二階が相当に広いのは見ただけで分かった。また、一階のガレージも乗用車を二台余裕で停められるくらいの広さがある。

おそらく、本来はそこそこの大家族が住むような家なのだろう。夫婦二人暮らしで使うには、いささか宝の持ち腐れという気もする。

真梨子より五歳上という夫は、某大手企業が二年前ＹＺ市に設立した支社の初代支社長を任されたそうだ。爆乳の美女を娶《めと》り、借家とはいえこんな広い家に住み、エリート街道を突き進んでいるのだから順風満帆な人生だ、と言っていいに違いあるまい。

それなのに、どうして夫婦はセックスレスになってしまったのだろうか？

今さらのようにそんな疑問を抱きつつ、尚人は緊張と若干のためらいを覚えながら、思い切ってインターホンのボタンを押した。

『はーい。あら、尚人。もう着いたのね？　自転車は、ガレージの横に停めてくれる？　玄関の鍵は開けてあるから、自転車を置いたら入ってちょうだい』

と、すぐにスピーカーから真梨子の声で指示が出る。

おそらく、尚人が来ると分かっていたため、あらかじめ鍵を開けておいたのだろう。

ただ、声の調子から考えて、そこまで深刻そうではない。夫に関係がバレたとしたら、さすがにこれほど軽い口調にはならないはずだ。

そんな安堵の気持ちを抱きつつ、尚人は指示された場所に自転車を置いた。そして、玄関ドアのほうへと移動する。

(初めての、しかも女の人の家に上がるなんて……)

ドアの前に立つと、そのような思いが湧いてきて緊張がますます強まった。

何しろ愛良の家ですら、自身が小学校に入ってからは放課後にテニスクラブに通っていたこともあって行く回数が激減し、中学生になってからは玄関より先に上がってすらいないのである。

まるっきり他人の家に入るというのは、男友達を含めてもほとんど経験がないだけに、さすがに緊張せずにはいられなかった。

が、この場で立ち尽くしているわけにもいくまい。

そこで尚人は、思い切ってドアを開け「お邪魔します」と玄関内に入った。

邸内は、廊下までエアコンが効いており、中に入るなりひんやりした空気に身体が包まれて、炎天下に自転車を漕いで汗ばんでいた身体が冷やされる。

「いらっしゃい、尚人。リビングは二階だから、上がってきてくれる？」

二階から、そんな真梨子の声が聞こえてきた。

（なるほど。二階がリビングだと、いちいち下りて出迎えたりはしないか）

と思いながら、尚人は靴を脱ぎ、玄関を上がってすぐ横にある階段を上った。そして、二階に到着して目の前のドアを開ける。

「失礼しま……って、ま、真梨子さん!?」

挨拶をしようとした尚人だったが、立ってこちらを見ている彼女の姿を目にした途端、思わず素っ頓狂な声をあげてしまった。

何しろ、爆乳人妻は純白のテニスウエアとスコートという、これからテニスに行くような格好だったのである。これは、あまりに予想外と言うしかない。

ただ、レッスン時の真梨子はワンピースタイプのウエアを着用することが多いので、こういうセパレートは珍しく、なかなか新鮮に思えた。

「ふふっ。サプライズで、こんな格好をしてみたんだけど大成功。予想以上に驚いてくれて、嬉しいわ」

なんとも楽しそうに、彼女が言う。

一階に下りてこなかったのは、リビングが二階だからというより、尚人をこうして驚かせるためだったらしい。

「そ、そりゃあ、テニスコートでもないところでそんな服装だったら、ビックリしますよ」

「まぁ、それもそうか。とにかく、暑い中よく来てくれたわね。さあ、ソファに座って。まずは、冷たいお茶でもどうぞ」

こちらのツッコミに対し、真梨子はにこやかにそう促す。

実際、水分が欲しかったので、尚人は素直に彼女に従った。そして、コップで出されたお茶を飲み、ホッと息をつく。

それから改めて部屋の様子を見て、尚人は今さらのように緊張を覚えずにはいられなかった。

今、腰かけているソファは立派な革製で、目の前のローテーブルも見るからに高級そうだ。それに、家具類もかなり高価そうなものが揃っており、正面には八十インチはありそうな超大型テレビが置かれている。これらを見るだけで、後藤田家の裕福さが伝わってくる気がした。

ただ、こうして見た限り、愛良や美南はもちろん、真梨子の夫もいないようである。

そうと分かると、あまり縁がない高級ソファに着座していることへの緊張は残っているものの、ひとまず安堵の気持ちが湧き上がってくる。

すると、それを見計らったように真梨子がソファの隣に座った。そして、身体を寄せてくる。

当然、そうなると彼女の豊満なバストが腕に押しつけられる。

「ま、真梨子さん？」

「んふ。尚人の汗の匂い……やっぱり、若い男性の匂いって、嗅ぐだけでオマ×コがキュンってなっちゃうわぁ」

困惑の声をあげた尚人の耳元で、爆乳人妻がそんなことを言う。

この言葉が何を意味しているのか、つい先日童貞を卒業したばかりのビギナーでも、容易に理解できた。

「あ、あの、エッチは一回だけって……」

「そのつもりだったんだけど、キミのチン×ンが予想以上に立派で、ものすごく気持ちよかったからさ。前にも言ったけど、あたしは夫とセックスレスで、あのときまで一年以上もご無沙汰だったのよ。ただ、自分でもあれで満足できたかと思ったんだけど、時間が経つにつれて、もっとしたいって気持ちが抑えられなくなっちゃって。一昨日のレッスンでも、平気なフリをしていたけど、本当は尚人の顔を見ただけですごくドキドキしていたんだからぁ」

「そ、そうだ。なんで、旦那さんとセックスレスに？」

彼女の言葉で、尚人はずっと抱いていた疑問を思い出して、動揺を誤魔化すようにそう問いかけた。

確かに、「美人は三日で飽きる」ということわざはあるが、真梨子ほどの美貌と肉体の持ち主に飽きるとしたら、どれだけ贅沢《ぜいたく》な話だろう？　もしも、自分が彼女と結婚したら、できない時期を除いて何年でも毎晩のように求める気がしてならない。

「ああ、そうね。無精子症って知っているかしら？　子供がちっともできないから去年、検査したら夫がそうだって判明したの。しかも、精子がまったく作られない一番重度のもので子供は絶望的、って言われてさ。そうしたら、あの人ったらまるで求めてこなくなって……彼自身は、オナニーで発散できれば満足みたいだけど、こっちはすっかり欲求不満になっていたわけよ」

と、爆乳美女が少し悲しそうな表情を浮かべながら答えた。

どうやら、真梨子の夫は自分が子孫を残せない身体だと分かったことで、妻とのセックスの意欲を失ってしまったらしい。

しかし、彼女のほうは旺盛な性欲を持て余していた。そこに、若い尚人が臨時コーチとしてやってきたのである。そうとなれば、欲望の発散先として狙いをつけるのも当然の流れと言える。

ところが、尚人のペニスは経験豊富な爆乳美女も未体験のサイズで、貫かれた快感の大きさは予想外のものだった。そのため、本当は一度きりの摘まみ食いのつもりだったのに、再び味わいたいという欲求を抱くようになってしまったのだろう。

「というわけで、またエッチしましょう？　尚人だって、本当は期待していたんじゃない？」

からかうようにそう問われて、尚人は反論できずに黙り込むしかなかった。

実際、真梨子に自宅へと呼ばれたとき、こういう求めが来ることを予想していなかった、と言ったら嘘になる。それでも、肩透かしを食らう可能性もあったので、あえて考えないようにしていたのだ。

「で、でも旦那さんが帰ってきたら……」

「昨日から一週間の出張に出ているから、その心配はないわ。それに、前回の一度じゃ教えきれなかったこともあるし、セックスのレッスンの続きって考えたらどうかしらぁ？」

爆乳人妻が、耳元でそう甘く囁《ささや》く。

そんな彼女の匂いと体温、それに艶めかしい声が、尚人の理性を官能のハンマーで打ち壊していく。

また、あの日以降、目の前にいる美女の肉体の感触を思い出しては、夜な夜な自家発電に励んでいた、という現実もあった。そのような相手から、こうして誘われては我慢などできるはずがあるまい。

さらに、真梨子は立ち上がって尚人の正面に移動すると、妖しい笑みを浮かべながらスコートをたくし上げた。

その中は、アンダースコートではなく黒いレースのショーツである。

白いスコートに黒の下着というのは、通常ならいささかミスマッチに思えるところだが、興奮状態だとやけに煽情的に見えてならない。

そして、その光景を目にしたことが、こちらの最後のためらいを叩き壊す。

（レッスンの続き……そ、それならいいのかな？）

ちょうど、「レッスン」という口実を得た尚人は、もはや爆乳美女の誘惑に抗えず、ほとんど本能的に首を縦に振っていた。

2

「ああっ、尚人ぉ！　それっ、あんっ、いいわぁ！　あうっ、舌っ、はううっ、気持ちいいぃぃ！　ああっ、あんっ……！」

リビングの隣の寝室に、真梨子の悦びに満ちた喘ぎ声が響く。

今、尚人はベッドに仰向けになった爆乳人妻の股間に舌を這わせていた。

本来、二階のこの八畳間は、客間として使われることを想定しているらしい。だが、今は夫婦二人暮らしで部屋を持て余しているため、寝室として使用しているそうだ。

しかし、どこであれ寝室は夫婦の聖域であるはずである。ところが、真梨子はリビングでまたフェラチオとパイズリをして一発抜いたあと、ためらう様子もなくそこに尚人を連れ込んだ。そして、ベッドでの愛撫を求めてきたのである。

そのことに、尚人は驚きと戸惑いを抱きつつも、興奮せずにはいられなかった。

そうして、求められるまま彼女をベッドに押し倒して豊満なバストを愛撫していると、真梨子のほうから「オマ×コを舐めて」と要求してきたのだ。

確かに、前回はクンニリングスをしていなかったので、「追加レッスン」ということなら、このリクエストも納得がいく。

もちろん、女性器に口をつけることに抵抗がなかったと言ったら、さすがに嘘になる。だが、既に彼女にはフェラチオをしてもらっている。そのため、思い切ってすることにしたのだ。

(ああ、夢みたいだ。真梨子さんのオマ×コに口をつけて、匂いを嗅ぎながら愛液を味わえるなんて……)

舌を動かしながら、尚人の朦朧とした頭にそんな思いがよぎる。

前回は、指とペニスでしか感じられなかった蜜の感触を、今は舌で味わっている。その生々しい牝の匂いとなんとも言えない味に、牡の本能が刺激されてやまない。

やる前は抵抗があったものの、この匂いを嗅ぐと、やってよかったとしみじみ思う。

また、最初からクンニリングスをさせる気だったのか、真梨子の秘部からは女性の匂いに混じって石鹸の香りもしていた。おそらく、尚人の訪問前に股間を洗って、ビギナーが口をつけることへの抵抗感を少しでも抱きにくくしよう、と配慮してくれたのだろう。

そうした彼女の気配りにも、男心がくすぐられる。

「はあっ！　ああっ、そこぉ！　あんっ、もっとっ、ひゃうっ、もっとぉ！　はううっ、ああんっ……！」

舌の動きに合わせて、爆乳人妻が遠慮のない喘ぎ声を寝室に響かせる。

自宅という安心感があるのか、彼女は今回、更衣室のときと違ってまったく声を抑える気配がなかった。

いくら一軒家とはいえ、あまり大声を出すのはどうかと思ったのだが、なんでもこの部屋は位置的な関係もあり、ドアや窓をしっかり閉めていれば、外に声が聞こえる心配はないらしい。そうと分かっているため、真梨子も思い切り喘いでいるのだ。

夫婦の寝室で、夫ではない自分が人妻の秘部に口をつけて淫らな声を出させている。

この背徳的な興奮は、おそらく他の場所では得られまい。

「はううっ、尚人っ、奥よっ！　ああっ、オマ×コの奥っ、あううっ、舐め回してちょうだぁい！」

尚人が秘裂を舐め続けていると、爆乳人妻がそんなリクエストを口にした。

もはや何も考えられなくなった状態で、尚人は言われたとおりに秘裂を割り開いた。

するると、内側に溜まっていた愛液がトロリとこぼれ落ちてシーツにシミを作る。

そうして、露わになったシェルピンクの肉襞《にくひだ》に目を奪われつつ、尚人はそこに舌を這わせた。

「ピチャ、ピチャ、チロロ……」

「ひああっ！　それぇ！　ああっ、あんっ、いいのぉ！　はううっ、きゃふうんっ、あああっ……！」

真梨子が甲高い喘ぎ声をこぼし、こちらの頭を両手で押さえ込むように掴む。

(うぷっ。こ、これじゃあ、口を離せないぞ)

頭をホールドされて、いささか焦りを感じつつも、尚人はさらに舌を動かした。何しろ、この体勢ではそうすることしかできないのだし、今さらやめる気にもならない。

すると、舌がプックリしたところに偶然触れた。

「ひゃううううっ！」

途端に、真梨子が素っ頓狂な声をあげておとがいを反らした。同時に、頭を押さえていた彼女の腕の力が弱まる。

反応に驚いたこともあり、尚人はホールドが解けたタイミングで顔を上げた。

「ま、真梨子さん？」

「んはああ……クリトリス、いきなり舐められてビックリしちゃったぁ。驚かせて、ゴメンねぇ」

こちらの不安げな問いかけに、陶酔した様子で爆乳人妻が答える。

(あそこが、クリトリス……女の人が、すごく感じる場所だよな?)

そう思うと、もっと舐めて彼女をイカせたい、という気持ちが湧いてくる。

尚人が、欲望に負けて改めて秘部に口をつけようとしたとき。

「ああっ、待って、尚人。あたし、もう準備ができたからぁ。さっきから、その股間でいきり立っている大きなモノが欲しくて、たまらないのよぉ」

真梨子が、そんなことを言った。

どうやら、彼女はこれ以上の前戯よりも本番が望みらしい。

実際、爆乳人妻の秘部は既に充分すぎるくらいに蜜を溢れさせており、唾液も混じって派手に濡れそぼっていた。これだけ濡れていれば、挿入してもまったく問題あるまい。

「えっと、それじゃあ……」

と、尚人が一抹《いちまつ》の寂しさを感じつつもいったん離れると、彼女も気怠《けだる》げに身体を起こす。

「尚人？　今回は、あたしにさせて。ベッドに、仰向けになってくれる？」

そう指示を出されて、尚人は考える間もなく「は、はい」と応じ、真梨子と入れ替わるようにベッドに横たわった。

（あっ。真梨子さんの匂いが……）

仰向けになると、ベッドから彼女の芳香がほのかに漂ってきた。それが、自然に新たな興奮を呼び起こす気がしてならない。

すると、爆乳人妻がまたがってきて、躊躇する素振りも見せずに肉棒を握った。

「ああ、見て分かっていたけど、一回抜いたなんて思えないくらい硬い。それに、とっても大きくてぇ……もう、我慢できないわぁ」

そう言うと、彼女は自分の秘部に一物をあてがい、そのまま腰を沈めだす。

「んんっ……んはあああっ！　尚人のチン×ン、入ってきたぁぁ！」

挿入と同時に、真梨子がおとがいを反らして、悦びの声を寝室に響かせた。

そうして、彼女は一気に腰を下ろし、ペニスを一分《いちぶ》の隙もないくらいしっかりと呑み込む。

「はうううっ！　あああああ、来たぁぁ……チン×ン、子宮に届いてぇ……」

動きを止めるなり、爆乳美女が陶酔した表情を浮かべ、腹に手をついて身体を小刻みに震わせながら、そんなことを口にした。

（うああ……やっぱり、真梨子さんの中、すごくいい！）

分身を膣肉に包まれた尚人は、再び味わった彼女の内側の感触に酔いしれていた。

特に今回は、腰に女性の体重がかかっているぶん、挿入感が後背位のときより深い。

その感覚が、前回とは異なる心地よさをもたらしてくれている気がしてならなかった。

先に一発抜かれていなかったら、この時点で確実に暴発していただろう。

「んはあ……やっぱり、尚人のチン×ン、すごいわぁ。騎乗位だと、子宮にめり込むくらい押し上げているの、はっきり分かるぅ。こんなに奥までチン×ンが来たの、あたしも初めてよぉ。これを知っちゃったら、もう旦那のじゃ……ううん、他の男のじゃ、絶対に満足できないわぁ」

腹に手をついたまま、真梨子が妖艶な表情を浮かべながらそんなことを言う。

とはいえ、尚人は今の言葉に気の利いた返しができるような性格ではないため、沈黙を守るしかないのだが。

「んふっ。それじゃあ、動くわねぇ。んっ、んっ……」

こちらの困惑を察したのか、爆乳人妻は気持ちを切り替えるように言って、腰を小さく振りだした。

その動きは、押しつけるような感じが強かったものの、小刻みなぶんリズミカルである。それに、ベッドの弾力があるため、これでも充分すぎるくらいの快感が一物から流れ込んでくる。

「ううっ。き、気持ちいいです！」

「ふあっ、嬉しいっ。あんっ、もっとっ、ああっ、よくしてっ、んはあっ、あげるぅ！　んっ、んふっ……！」

こちらの感想に、笑みを浮かべてそう応じると、真梨子は抽送にくねらせるような動きを加えてきた。

すると、上下動に混じって膣肉がペニスに絡みつくような感覚がいっそう強まり、さらなる快電流が身体を貫く。

「くはあっ！　こ、これっ……はううっ！」

予想外の気持ちよさに、尚人が喘ぎ声をこぼすと、爆乳人妻がさらに上下動を大きくした。

「はうっ、ああっ、いいのぉ！　ああんっ、あたしもっ、ああっ、チン×ンッ、はううっ、奥っ、あうんっ、届いてぇ！　はううっ、すごくっ、ああっ、いいぃぃ！　はうっ、ああっ、あふうんっ……！」

彼女の嬌声も、より艶めかしく、より大きくなっていく。

そんな美女の姿と、もたらされる心地よさに、尚人はいつしかすっかり夢中になっていた。

自分で動くのもよかったが、こうして女性に身を委《ゆだ》ねていると、生じる快感に集中できるからか、後背位のときとはまた違った興奮を得られる気がする。

それに何より、真梨子の快楽に酔いしれた顔と、動きに合わせてタプンタプンと音を立てて大きく揺れる爆乳をゆっくり眺めていられるのが、騎乗位の最大のメリットかもしれない。

ただ、そのようなことを思っていると、大きなバストを揉みたいという欲求が自然に湧き上がってきてしまう。

そのため尚人は、本能のままに手を伸ばし、二つのふくらみを鷲掴みにした。そして、力任せにグニグニと揉みしだきだす。

「はああんっ！　それぇ！　あああっ、オッパイッ、はううっ、いいのぉ！　はああんっ、あたしぃ！　はううっ、おかしくっ、きゃううっ、なっちゃうぅぅ！　ああっ、ひゃふうっ……！」

そう口走りつつ、真梨子の腰使いがより激しくなった。どうやら、彼女ももう性欲の赴くままに快楽を貪《むさぼ》っているらしい。

（オマ×コの中、すごくうねって……なんて気持ちよさだ！）

尚人のほうも、乳房を揉みだして生じた分身からの性電気の変化に驚きつつ、もたらされる快楽に浸っていた。

ずっとこうして、膣と爆乳の感触を堪能していられたら、いったいどれほど幸せだろうか？

しかし、そういうわけにいかないのが現実である。

「はううっ、尚人ぉ！　ああっ、あたしっ、ひゃううっ、もうイキそうっ！」

少しして、爆乳人妻がそんな訴えをしてきた。膣肉の蠢《うごめ》き具合からも、薄々勘づいていたが、やはりもうすぐ彼女は絶頂を迎えるらしい。

「くうっ。僕も、そろそろ……」

尚人も、自身の腰に熱いモノが込み上げてくるのを感じて、そう口にしていた。

この衝動を堪《こら》えるなど、今の自分では不可能なことだと確信できる。

「んあっ、手ぇ！　はううっ、尚人っ、あんっ、手を繋ごう！」

真梨子が、そんなリクエストを口にする。

そのため尚人は、バストから手を離した。

すると、彼女がすぐに手の平を合わせるようにして、さらに指を絡ませてくる。

（こ、これは、いわゆる恋人繋ぎというものでは？）

尚人が、漠然とそう思っているうちに、乳房を解放された爆乳人妻が、指に力を入れつつ腰の動きを小刻みなものに切り替えた。そして、大きな胸を揺らしながら一心不乱に抽送を続ける。

「あんっ、あんっ、ああっ、いいっ！　あうっ、とってもいいよぉ！　はうっ、ああっ、はあぁっ……！」

「くうっ。オマ×コ、すごく締まって……」

ひたすら喘ぐ真梨子に対し、尚人は無意識にそのような感想を声に出していた。

実際、膣肉が収縮運動をしだして、一物に甘美な刺激がもたらされている。おかげで、尚人の昂りも限界が近い。

「ああっ、中よぉ！　はうっ、また中にっ、ああんっ、熱いのぉ！　はうっ、濃いのぉ！　ああんっ、いっぱいちょうだぁい！　あっ、あっ、あっ、ああっ……！」

と、真梨子が抽送を続けながら、切羽詰まった声で訴えてくる。

ただ、恋人繋ぎをしているせいか、それとも前回も中出ししているせいか、尚人は自分でも意外なくらい、彼女の求めに抵抗を感じていなかった。

そうして、膣肉が急激に収縮を強めた瞬間、それがとどめになった。

尚人は、「くうっ」と呻くなり、爆乳人妻の中にスペルマを注ぎ込む。

「はああっ、熱いのっ、中に来たぁぁ！　んはあああぁぁぁぁぁぁぁ!!」

射精と同時に、真梨子がおとがいを反らして、甲高い絶頂の声を寝室に響かせるのだった。

3

真梨子の家で、激しく求め合った翌日。

今日はレッスンの日なので、尚人はＹＺ女子テニス倶楽部のテニスコートに来て、年上の教え子たちの練習を見ていた。とはいえ、指導にまるで集中できていなかったのだが。

何しろ、昨日は寝室で追加の一回戦、さらに浴室でも交わり、日が傾いて帰宅する頃には、さすがの尚人も精根尽き果てたほどだったのである。

前半で出したのも含めたら、数時間の間にいったい何度射精したか、瞬時には思い出せない。とにかく、一日の射精回数が人生最多だったのは間違いなかった。

また、真梨子から「いっそ泊まっていかない？」と誘われたときは、本気で心が動いたものだ。

だが、夜には共働きの両親が仕事から帰ってくるので、さすがに外泊は難しい。それに何より、翌日がレッスン日なのに年上の教え子の家に泊まって朝帰りは、いささか問題がありすぎる気がした。

そのため、尚人は後ろ髪を引かれながらも帰路に就いたのである。

（はぁ……昨日は、真梨子さんと何度もエッチしちゃって……すごく気持ちよかったけど、いくら旦那さんとセックスレスとはいえ、真梨子さんは人妻で……）

炎天下、ラリーを続ける愛良と爆乳人妻、そしてトスマシンを使ってストローク練習をする美南を見ながら、尚人はそんなことを考えていた。

もちろん、もともと誘惑してきたのはあちらなので、自分が気に病《や》む必要はないのかもしれない。しかし、途中から歯止めが利かなくなって、自ら彼女を求めていたのだから、もう「誘われたから」という言い訳もしづらくなった、と言わざるを得まい。

とにかく、真梨子が独身だったら、あの魅力的な肉体に遠慮なく溺《おぼ》れられたのだろうが、今の彼女は人妻なのだ。しかも、こちらは十歳下の大学二年生で、まだアルバイト以外の収入がないため、もしものときに諸々《もろもろ》の責任を取るのは難しい。

無論、爆乳美女からは「そんなことは考えなくていいわよ」と言われているものの、そうあっけらかんと割り切れないのが尚人の性格なのだ。

ただ、そのようなことに思いを巡らせていると、どうしても気が重くなってしまう。

「んもう。尚人ぉ、何をボーッとしているのよぉ」

という声と共に、いきなり背中に重量感のあるふくらみが押しつけられた。

「わっ。ま、真梨子さん？　急に抱きつかないでください」

さすがに驚いて、尚人は思わず素っ頓狂な声をあげていた。

「ふふっ、ゴメン。でも、なんか心ここにあらずって感じだったから、ちょっと驚かそうと思ってさ。予想以上の反応で、面白かったわ」

悪びれた様子もなく、そう言って爆乳人妻が身体を離す。

一見すると、彼女の態度は普段と違わないように見えた。だが、今日はいささかスキンシップが多い気がする。

もっとも昨日、あれだけ求め合ったのだし、帰り際に真梨子のほうから「またエッチしましょう」などと声をかけてきたのだから、関係を持つ前とまるっきり同じ、というわけにはいくまいが。

「そ、それでどうかしたんですか、真梨子さん？」

「ああ、そうだった。今日は、かなり蒸し暑いでしょう？　このまま、練習を続けていて大丈夫かと思ってさ」

尚人の問いに、真面目な表情になった爆乳人妻が応じる。

確かに、今日は今年一番の暑さだそうで、東京と比べて気温が低めのＹＺ市でも昼過ぎに三十三度を記録していた。さすがに、今はそこまで気温が高くないものの、風は弱く、彼女の言うとおり蒸し暑さが残っている。

こういう気候のとき、極端な高温でなくても熱中症のリスクが非常に高まることは、尚人もよく知っている。

レッスンの開始時に、「今日は蒸し暑いから、熱中症に注意しましょう」と自分で言ったというのに、つい物思いに耽《ふけ》って観察を怠っていたのだ。

慌てて教え子たちを見ると、真梨子は充分すぎるくらい元気そうで、コート脇で汗を拭いている愛良も、まだ余裕があるように見える。

しかし、マシンのボールが切れて動きを止めた美南は、息を切らしていささか辛そうにしていた。

「八畑さん、大丈夫ですか？」

尚人が心配になって声をかけると、小柄な人妻はこちらを見て、やや困惑した表情を浮かべて「は、はい」と応じた。

美南は、もともと控えめな性格であまり大きな声を出せないのだが、それにしても返事には普段よりも力がないように思える。

（八畑さん、少し前に軽い熱中症を起こしているし、今回も危ないかも？）

何度かのレッスンで分かったのだが、彼女は自己主張が極端に弱く、体調不良などを自ら切り出せないタイプだった。こういう性格の人間は、周囲が不調に気付いてあげなくてはなるまい。

「あの、真梨子さん？　ちょっと、八畑さんの額に手を当てて、体温を見てもらえますか？」

尚人が声をかけると、爆乳人妻が「了解」と応じて美南に近づいた。そして、額に手を当てる。

「……少し、熱っぽくなっている気がするわね。美南、ちゃんと水分を補給している？」

「えっと、その、おトイレが近くなるので、あの、あんまり飲まないように……」

真梨子の問いに、小柄な人妻がばつが悪そうに答えた。

前に、軽い熱中症になったこともあり、彼女には休憩時間にしっかり水分を補給するよう注意していたのだが、どうやら守っていなかったらしい。そのせいで、再び熱中症になりかけている可能性はある。

「んー……残りは、あと二十分くらいですし、少し早いですけど今日のレッスンは終わりにしましょうか？　で、念のため、また愛良姉ちゃんか真梨子さんが、しばらく付き添ってもらえると……」

「あ、ごめんなさい、尚人くん。わたし、今日は夫が帰ってくるから、晩ご飯の用意をしなきゃいけなくて」

「あたしも、夜からS市で友達と飲む約束をしていて、時間がないのよねぇ」

尚人の提案に対し、二人の人妻がそんなことを言った。どうやら、彼女たちはそれぞれに都合が悪いらしい。

「えっと、じゃあどうしましょうか？　旦那さんが帰ってくるまで、八畑さんを一人にしておくのも……」

「……コーチ？　今日、あの人……夫は帰ってきません」

尚人の言葉に被せるように、美南が弱々しい声で言った。

「えっ？　マジですか？　参ったなぁ。症状が悪化しないように、帰宅してからもしばらくは、誰かが様子を見ていたほうがいいと思うんですけど……」

「だったら、尚人が付き添えば？」

ぼやいたこちらに、真梨子がそんな提案をしてくる。

「ほえ？　あっ。いやいや、さすがにそういうわけには……」

爆乳人妻の言葉に、一瞬呆気《あっけ》に取られてから、尚人は慌ててそう言っていた。

付き添うとなれば、玄関先で別れるわけにはいかず、自宅に上がることになるだろう。だが、真梨子の家に続いて教え子の、それも人妻の家に入るというのは、かなり問題がある気がしてならない。

「だけど、他に手がある？　それとも、美南を一人きりで自宅に放っておく？」

と重ねて問われると、尚人には反論の余地がない。

「えっと……それじゃあ、八畑さんはどうですか？　僕がご一緒してもいいならそうしますし、嫌なら玄関までで帰りますけど？」

「あ、その……付き添い、お願いします」

こちらの問いかけに、小柄な人妻が遠慮がちに応じる。

（まぁ、八畑さんがいいって言うんなら……だけど、色んな意味で大丈夫かな、これ？）

と、尚人はなんとも言えない不安を抱かずにはいられなかった。

4

（うう……なんか、落ち着かないな）

Tシャツとジーンズ姿で、八畑家の一階リビングのソファに座った尚人は、そんなことを考えて、小さく身じろぎをしていた。

初めての家に上がったのは、真梨子のときにも経験しているが、いかにも高級そうなヨーロピアン調のソファに着座する機会など今までなかったので、気もそぞろになってしまう。しかも、三人掛けのほうにはポロシャツタイプのテニスウエアとスコートという格好の小柄な人妻が横たわっているのだから、緊張するのは当然と言えるだろう。

結局、あの直後に美南はふらつきを訴えだして、着替える余力がなくなってしまった。そのため、ジャージを羽織り、愛良と真梨子と尚人が同乗したタクシーで、共に帰路に就いたのである。

そして、彼女に付き添ってタクシーを降りた尚人は、爆乳人妻の自宅から程近い立派な住宅を見たとき、さすがに呆気に取られてしまった。

真梨子の家もかなり大きかったが、美南の自宅はさらに大きく広かったのである。建築面積は同じくらいだと思うが、敷地面積はザッと見ただけで二倍以上あり、広い庭には乗用車を数台停められそうな、大きなシャッターつきガレージがある。

インナーガレージではないぶん、建物がより大きく見えるのも一因だが、そもそもが「お屋敷」と呼びたくなる大きさなのだ。おそらく、この界隈で標準的な住宅なら二軒分以上、敷地面積なら五～六軒分くらいあるのではないだろうか？

しかも、爆乳人妻の家は借家だが、こちらは正真正銘の自宅だそうだ。もっとも、買ったのは美南の親で、結婚祝いとして用意してくれたものらしいが。

真梨子から聞いた話によると、美南の父親は大手企業の社長で、夫は取引先の社長の御曹司だそうだ。なるほど、そうであれば新婚夫婦がこれほどの豪邸に住めるのも得心がいく。

また、小柄な人妻の上品な言葉遣いや立ち振る舞いも、社長令嬢と分かれば納得できる。おそらく、社交界を意識した両親の教育の賜物《たまもの》なのだろう。

それにしても、ＹＺ市の地価が都市部より安いとはいえ、この大きさの家を結婚祝いでポンと用意するなど、先祖代々庶民の尚人からは信じられなかった。

そんな豪邸に、人妻とはいえ七歳上の美女と二人きりでいるのだから、小市民では落ち着かないのも仕方がないのではないだろうか？

　もっとも、まだ結婚から数ヶ月しか経っていない、というのもあるのかもしれないが、リビングに生活感がほとんどないのは気になった。整理整頓は行き届いているものの、まるでモデルルームの部屋にいるような違和感が拭えない。

　ただ、尚人が平静でいられない最大の理由は、別にあった。

（参ったな。チ×ポが勃《た》っちゃって、ちっとも収まらないぞ）

　何しろ、タクシーを降りてからソファに寝かせるまで美南に肩を貸していたため、しばらく身体が密着していたのだ。しかも、彼女はシャワーを浴びていなかったので、温もりだけでなく汗の湿り気や匂いもはっきりと感じられたのである。さらに、ジャージを脱がせるのも手伝ったときは、まるで服を脱がせるような胸の高鳴りを禁じ得なかった。

　どうにかリビドーを堪えたものの、もしも相手が関係を持った真梨子だったら、二人きりになった途端、我慢できずに求めていただろう。

　ただ、なんとか耐えたとはいえ、美女の汗の匂いと温もりに興奮を覚えた余韻が、身体を離してもなお残っていた。おかげで、ズボンの奥で大きくなった一物がまるっきり小さくなってくれないのである。

真梨子にあれだけ出した翌日だというのに、まだこれほどの欲望が湧いてくるとは、己の性欲の強さに我ながら驚かずにはいられない。

もちろん、美南はソファに横たわっているため、勃起には気付いていないはずだ。しかし、テーブルを挟んだ対面にいるのだから、こちらに目を向けてきたら勘づくかもしれない。

そんな思いもあって、一刻も早く立ち去りたい気持ちと、グッタリした女性をこのまま放置して帰れないという気持ちが、尚人の頭の中でせめぎ合っていた。

ひとまず、経口補水液を飲ませたし、今はエアコンの効いた涼しい部屋にいるので、もうしばらく様子を見て状態が悪化しなければ、帰宅しても大丈夫かもしれない。だが、その判断をするのに何分ほど必要なのか、という見当がつかず、勃起のせいもあって身動きが取れなくなっているのだ。

(八畑さん、引っ込み思案だからちょっと地味な印象を受けるけど、目鼻立ちが整っていて、意外と綺麗なんだよなぁ。それに、背が低めで愛らしいのに、オッパイはそれなりに大きいし……真梨子さんや愛良姉ちゃんとは、違った魅力があるよな)

横たわった美南の姿を見ながら、尚人はついついそんなことを考えていた。

服の上から見たバストサイズは、真梨子はもちろん愛良よりもさらに一回りほど小さいが、先ほどブラジャーと衣服越しにしっかりした存在感を味わえた。また、仰向けになっていてもふくらみがあるのが分かる。

加えて、テニスウエアから伸びる白い腕と、スコートから見えている太股も、同い年以下に見える童顔な美貌と相まって、なんとも魅力的だ。

正直、真梨子との経験がなければ、正視するのも難しかったかもしれない。ただ、今は生の女性を知っているせいか、間近の女体から目を離せなかった。

もっとも、それによって勃起が治まらないというのも、紛れもない事実なのだが。

そんな居心地の悪さを感じていると、グッタリと横たわっていた美南が、ようやく「ん……」と声を漏らして目を開けた。

「あっ。八畑さん、大丈夫ですか？」

「コーチ……？　あっ、わたし……」

尚人が声をかけると、美南がやや面食らった表情を浮かべ、身体を起こした。目の焦点がどこか定まっていないので、記憶が少々混濁しているのかもしれない。

「経口補水液を飲んだあと、横になっていたんです。あれから、五分くらいかな？　気分はどうですか？　まだ辛いようなら、横になったままでも」

「あっ……えっと、それは平気です。頭が、少しボーッとしていますけど」

こちらの問いに、小柄な人妻が弱々しい声で応じた。どうも、若干ながら熱中症の影響が残っているらしい。

「んと、どうしましょう？　大丈夫そうなら、僕はそろそろ帰ったほうが……」

「あ、その……お水をもらっていいですか？　まだちょっと、喉が渇いて……」

尚人の言葉を遮って、美南がそうリクエストを口にした。

先ほど、五百ミリリットルのペットボトルの経口補水液を飲んだというのに、どうやら水分が足りていなかったらしい。熱中症になりかけたのだから、当然かもしれないが。

そのため、尚人は席を立ってキッチンに行き、コップに水を入れた。そして、彼女の元へと持っていく。

「八畑さん、どうぞ」

「美南です。愛良さんはともかく、真梨子さんも名前でお呼びしているのに、わたしだけずっと『八畑さん』のままで」

コップを差し出すと、いきなり美南がそんなことを言った。

「えっ？　いや、それは……真梨子さんには、名前で呼んで欲しいって言われたからそうしているだけで……」

「それじゃあ、お願いします。これからは、わたしも名前で呼んでください」

と、彼女が飼い主を探す子犬のような目で、こちらを見つめる。

あまりにも唐突な言葉に、尚人は困惑するしかなかった。

まさか、小柄な童顔美女がこのようなことを言いだすとは、さすがに想定外である。

ただ、自己主張に乏しい人妻からの極めて珍しい要求というのもあるが、このような目をして頼まれては、拒むことなどできるはずがあるまい。

「えっと……じゃあ、美南さんで」

「はい。ありがとうございます。コーチ……尚人さん」

と、美南が弱々しい笑みを浮かべながら、ようやく水の入ったコップを受け取る。

今まで姓だった女性を名で呼び、「コーチ」だった相手から自分の名を呼ばれる。そのことに、尚人はなんとも言えないこそばゆさと同時に、胸の高鳴りを禁じ得なかった。

そうして、こちらがソワソワしている間に、美南は水を飲み干した。そして「はあ」と大きく息をつく。

「えっと、落ち着いたなら、僕はそろそろ……」

「あの、な、尚人さん？　実は、少し肩が凝っていて……マッサージをお願いできますか？」

こちらの言葉を遮って、彼女が新たなリクエストを口にした。

「えっ？　あの、いいんですか？」

尚人は、ついそう訊いていた。

肩を揉むならば、当然、身体に触れることになる。今までも、レッスンの際に美南の身体に触れているが、それはあくまでもテニスの指導のためだ。肩揉みとなると、まったく違った緊張と戸惑いを覚えずにはいられない。

「はい。その……お願い……します」

美南が恥ずかしそうにしながらも、首を縦に振りながらそう応じる。

これでは、はぐらかすのも拒否するのも難しい。

「分かりました。それじゃあ……」

と言うと、尚人はソファの後ろに回り込んだ。そして、彼女の背後に立ち、緊張を覚えながら両肩を摑む。

すると、手に美女の体温と共にスポーツブラの肩紐の感触が伝わってきて、自然に心臓が大きく飛び跳ねてしまう。

（うう、イカン。これは、ただの肩揉み……）

どうにか気持ちを抑えつけながら、尚人は指に力を込めた。

途端に、美南が「んっ」と声を漏らす。

「ああ、確かにちょっと凝ってますね。と言うより、少し疲れ気味かも？」

「わたし、真梨子さんに誘われて倶楽部に入るまで、しばらくまともな運動をしていなかったんです。テニスも、中一の初期以来でしたし」

尚人の指摘に、小柄な人妻がそう応じる。

それだけスポーツをしていなかった女性が、週二回とはいえ三ヶ月もテニスを続けたのだ。ちょうど、筋肉に疲労が出てきてもおかしくない時期かもしれない。

「じゃあ、もう少し揉みますね」

そう言って、尚人は平静を装いながら肩揉みを続けた。

（し、しかし、これは……）

肩を揉みながら、尚人は眼下の光景に目を奪われていた。

身長差もあり、今はソファに腰かけた人妻を、ほぼ真上に近い角度から見下ろしている。

普通なら、胸のふくらみ具合が分かる程度のはずだが、彼女は少しでも呼吸が楽になるようにとテニスウエアの胸元のボタンを外していた。そのため、スポーツブラに包まれたバストの谷間が、わずかに見えている。

そんなチラリズム的な見え方が、丸見えとは違う煽情的な光景に思えてならない。

(やは……美南さんのオッパイ……真梨子さんほどじゃないけど、意外にボリュームがあって……触り心地は、どうなんだろう?)

ついつい、そんな思いが尚人の心に湧いてくる。

昨日、真梨子の爆乳をさんざん弄《もてあそ》んだというのに、いやだからこそと言うべきか、他の女性の乳房への好奇心が自然に込み上げてきてしまう。

もしも、美南が独身だったら、あるいは爆乳人妻のように誘惑されたら、この気持ちを抑えられなくなっていたかもしれない。

(いやいや。美南さんは、まだ結婚半年くらいの新婚さんなんだし)

自分の中に生じかけた期待感をどうにか堪えて、尚人は手を止めた。

「えっと、そろそろ大丈夫かと……さすがに、これ以上長居するわけには……」

肩から手を離し、尚人がそこまで言ったとき、美南がこちらに目を向けてきた。

「あの……今日は、いえ、今日もあの人は、帰ってきませんのでぇ……」

小柄な人妻が、怖《お》ず怖ずとそう口にする。

どうやら、彼女の夫は滅多に帰宅しないらしい。

ただ、それより何より、尚人はあまりにも予想外の言葉に、「へっ？」と間の抜けた声をあげていた。

男女交際の経験がなく、童貞を卒業して日が浅い人間でも、今のセリフが何を意味しているかは容易に想像がつく。

（こ、これって、どう考えてもエッチのお誘いだよな？）

と言うか、それ以外の意味があってこのようなことを口にしたのなら、そのほうがおかしいだろう。

しかし、奔放な真梨子ならまだしも、奥手でまだ新婚と言ってもいい人妻が誘いをかけてきたのは、さすがに想定外である。

「えっと、本当にいいんですか？」

「はい。その、実はわたし、先ほどからずっと変でぇ……尚人さんを見ているだけで、胸がすごくドキドキしてぇ……その、欲しい気持ちが我慢できなくなってぇ……」

困惑した尚人の問いかけに、彼女が潤《うる》んだ目を向け、やや間延びした声で応じた。

もしかしたら、軽い熱中症で意識レベルが低下したことにより、欲望を抑えられなくなっているのかもしれない。

そうと分かると、こちらも牡の本能をセーブできなくなってくる。

もちろん、真梨子としていなかったら、七歳上の人妻に手を出す度胸など湧いてこなかっただろう。しかし、既に爆乳人妻とねんごろな関係になっているせいか、ムラムラと湧き上がってきた性的欲求を、これ以上は我慢しようという気にはならない。

尚人は後ろから顔を近づけると、美南の頰に手を当てた。そして、そのまま唇を重ねる。

彼女のほうは、「んんっ」と声を漏らしたが、キスを拒む気配はまったく見せない。

(美南さんの匂い、唇の感触……)

それらを意識した途端、尚人の牡の本能はいっそう高まって、小柄な人妻の肉体に対する好奇心を抑えられなくなっていった。

5

「あんっ、んっ、あうっ……!」

リビングに、美南の控えめな喘ぎ声が響く。

今、尚人は乳房を露わにした七歳上の人妻を膝の上に乗せ、前に手を回して二つのふくらみを優しく揉みしだいていた。

真梨子と初めてしたときと同じ体勢だが、美南が視線を合わせるのを恥ずかしがったのと、こちらもバストを揉みやすいという、言わば利害が一致した形でこうなった次第である。

（これが、美南さんのオッパイの手触りか……）

力を入れすぎないように気をつけつつ、尚人はじかに触れた彼女の乳房の感触を堪能していた。

美南のふくらみは、もちろん大きさでは爆乳人妻に及んでいない。しかし、だからなのか弾力が強めで、指を沈み込ませるときの抵抗や力を抜いた際に押し返してくる感覚が、よりはっきりと感じられる。

真梨子の乳房もよかったが、この触り心地もまた絶品と言っていいだろう。

それに、あつらえたように手にフィットするサイズ感も、手からはみ出す爆乳とは違った満足感をもたらしてくれる。

とはいえ、バストの優劣はつけがたく、それぞれに異なる魅力があって素晴らしい、と言うしかない。

そんなことを考えながら、尚人は彼女の反応を見つつ手の力をやや強めた。

「んあっ！　んんっ、あんっ、声がっ、出ちゃってぇ……んああっ、恥ずかしいですっ。んあっ、ああんっ……」

愛撫に合わせて、美南が愛らしい声でなお控えめに喘ぐ。

やはり、彼女は自宅ながらも喘ぎ声を出すことに、抵抗感を抱いているらしい。

とはいえ、これが果たして外に声が聞こえるのを恐れているのか、夫以外の男に嬌声を聞かれるのを恥ずかしがっているのか、あるいは両方なのか尚人には見当がつかなかった。

ただ、真梨子が自宅では遠慮なく喘いでいたぶん、小柄な人妻のこういう態度は新鮮で、むしろ男心を妙に刺激する。

（なんだか、意地でも思い切り声を出させたいって気持ちになるよな）

そう考えた尚人は、片手を胸から離して下に向かわせた。そして、スコートをめくりあげる。

それから、手探りでアンダースコートとショーツをかき分け、付け根から指を入れて秘裂に触れる。

途端に、美南が「ふやんっ！」と甲高い声をあげ、おとがいを反らした。同時に、尚人の指にうっすらと蜜が絡みついてくる。

（オッパイだけで、そこそこ感じてくれていたみたいだ）

真梨子以外の女性とするのは初めてなので、少し心配はあったのだが、こうして女性の状況を確認できると、男としての自信がつく気がする。

そこで尚人は、筋に沿って指を動かし始めた。それに合わせて、乳房に添えたままの手も動かして愛撫を再開する。

「んあっ、あんっ、それぇ！　はうっ、こっ、声っ、ああんっ、出ちゃいますぅ！　あうっ、ああっ……！」

美南が、身体を震わせながら今までよりも大きな喘ぎ声をこぼし始めた。

さすがに、バストと秘部を同時に責められては、声を堪えられないらしい。

「美南さん、他の人に聞こえるわけじゃないんだし、可愛らしい声をもっと出してください」

「んああっ、そんなっ……あうっ、尚人さんっ、あんっ、エッチな声っ、はうっ、恥ずかしいのにぃ！　あうっ、我慢できなくっ、ああんっ、なっちゃいますぅ！　あううっ、はあんっ、あああっ……！」

愛撫をしながらの尚人の言葉に、小柄な人妻がそんなことを口にする。

やはり、尚人に喘ぎ声を聞かれるのを恥ずかしがっていたらしい。

とはいえ、そうした彼女の心情を知ると、いっそう声を聞きたいと思ってしまうのは、男の性《さが》とでも言うべきか？

そのようなことを思いながら、ふと視線を向けたとき、セミロングの髪がやや片側に寄って白いうなじが見えているのに気付いた。

すると、真梨子のときと同じ衝動が込み上げてくる。

（ただ、旦那さんが帰ってこないと言っても、キスマークはマズイよな）

そう考えた尚人は、首筋に口を近づけて舌を這わせだした。

「レロロ、チロ、チロ……」

「ふやあっ！　そっ、そんな……ひゃうっ、うなじまでぇ！　ああっ、キスマークッ、ひゃうっ、ついちゃいますぅ！　ああんっ、こんなっ、ひゃうっ、らめぇぇ！　ああっ、ひううっ……！」

「チロロ……大丈夫ですよ。舐めるだけにしているんで。ピチャ、ピチャ……」

喘ぎつつ不安そうな声を漏らした美南に対し、尚人はそう声をかけて、うなじとバストとヴァギナという三点への愛撫をさらに続けた。

（美南さんの汗の味……真梨子さんとの違いは分からないけど、匂いはなんとなく違う気が……）

愛撫を続けながら、尚人はそんなことを考えていた。

微妙な差異を判別できるような、鋭敏な嗅覚は持ち合わせていないのだが、彼女のほうが爆乳人妻に比べて甘い香りが強めにする気がした。もっとも、これが香水などの違いか個人差なのかは、判断がつかないのだが。

とはいえ、バストの大きさと同様に優劣をつけられるものではなく、その匂いが牡の本能を刺激してやまないという事実だけで、尚人としては満足できる。

「ひうっ、ああっ、こんなぁ！　あぁんっ、気持ちいいのっ、はううっ、初めてでぇ！　はううっ、もうっ、きゃうっ、おかしくなりそうですぅ！　はああんっ、ああっ……！」

もはや、声を抑えようとするのも忘れたらしく、美南が甲高い喘ぎ声をリビングに響かせる。

今の言葉から察するに、彼女は夫とのセックスではあまり感じていなかったらしい。

（あっ。オマ×コ、すごく濡れてきた）

尚人は、秘裂に這わせた指に絡みつく蜜の量が、一気に増してきたことに気付いた。

おそらく、三点責めの効果で間もなく絶頂を迎えそうなのだろう。

このままエクスタシーまで導いてもいいが、尚人はあえて舌を離し、手の動きも止めた。

「んはあああ……どうしてぇ？」

快感の注入が止まったため、小柄な人妻が安堵とも失望ともつかない声を漏らす。

「僕も我慢の限界なんで、今度は美南さんがしてくれませんか？」

「えっ？　それって……？」

こちらが耳元で言った言葉に、彼女が疑問の声をあげた。

それに構わず、尚人は美南を膝の上からどかし、いったん立ち上がった。そうして、ズボンとトランクスを脱ぎ捨てて下半身を露わにする。

「ええっ!?　す、すごい……」

一物を目にした瞬間、小柄な人妻が目を大きく見開いて驚きの声をこぼす。

尚人の分身は、既に限界までいきり立っており、ズボンの中でもかなり窮屈になっていた。正直、あと少し露出が遅かったら、トランクスのみならずズボンにまで先走りのシミができていたかもしれない。

童貞の頃に、一人きりでここまで昂ったとしたら、即座に竿を握ってシコシコと自家発電に励んでいただろう。だが、今の尚人は生の女体を知っており、目の前には胸を露わにして、すっかり発情状態の美女がいる。したがって、自力で処理する必要性をまったく感じない。

「美南さん、フェラをしたことはありますよね？」

「あっ……は、はい。一応は……」

こちらの問いに、呆然としていた彼女が我に返って応じる。

「じゃあ、またソファに座るんで、してもらえますか？」

と言って尚人が再び隣に腰かけると、小柄な人妻は少しためらう素振りを見せた。

さすがに、夫以外の男のペニスへの奉仕に、抵抗感を覚えているのだろうか？

そのような心配を抱いていると、間もなく彼女は意を決したようにソファから立ち上がった。そして、尚人の前に跪いて肉棒に顔を近づける。

「すごい……こんなに大きいなんて……わたし、あの人のしか知らないですけど、比べものにならないです」

勃起した陰茎をマジマジと見つめながら、美南が独りごちるようにそんなことを言った。どうやら、彼女の夫のペニスは、尚人ほどのサイズではないらしい。

（それにしても、美南さんって旦那さんとするまで処女だったんだ……）

婚前交渉を持ったかは分からないが、美南が夫と結婚した時期から逆算しても、二十五歳を過ぎるまで男性経験がなかったのは間違いあるまい。

（ってことは、僕がまだ二人目……）

そう思うと、経験豊富だった真梨子のときとは異なる昂りを覚えずにはいられない。

ただ、小柄な人妻はそこでためらうように、また動きを止めてしまった。

「美南さん……」

「は、はい。失礼します」

尚人が声をかけると、彼女はようやく怖ず怖ずと一物に手を伸ばした。そして、おっかなびっくりという様子で握ってくる。

そうして分身を包まれた途端、もどかしさを伴う心地よさがもたらされて、尚人は「うっ」と呻いていた。

自分のはもちろんだが、慣れた爆乳人妻の手とも違う触り方が、なんとも新鮮に思えてならない。

ただ、そこで美南は途方に暮れたような表情を浮かべ、またしても動かなくなってしまった。

「どうしたんですか？　フェラをしたことは、あるんですよね？」

尚人が疑問を呈すると、彼女は少しためらってからこちらを見た。

「その……実は、あの人とは両親の勧めでお見合いして結婚したんですけど、結婚したあと何度かしただけで、こういうこともちょっとしか……」

申し訳なさそうに、小柄な人妻がそう打ち明ける。

どうやら、彼女と夫は結婚したあと、夫婦の義務的に数回セックスをしただけだったらしい。つまり、経験があるとはいえ回数が少ないため、行為そのものにまだ戸惑いが残っているようだ。

もしかしたら昨日、尚人が真梨子にされた回数だけで、美南のフェラチオの経験数を上回っているのではないだろうか？

そうだとしたら、童貞を卒業して日が浅いとはいえ、彼女の性格も考慮して自分がもっとリードするべきかもしれない。

そう判断して、尚人は口を開くことにした。

「大丈夫ですから、思い切ってやってみてください」

と促すと、美南はやや躊躇した末に、再び一物を見つめてから恐る恐る舌を出した。

そして、おっかなびっくりという様子で先端に這わせてくる。

「んっ。レロ、レロ……」

途端に、先っぽから性電気が発生して、尚人は「うっ」と呻いていた。

なんとも遠慮がちな舌使いなものの、亀頭に舌が這う心地よさは格別と言っていい。

こればかりは、何度されても慣れる気がしない。

「チロ、ピチャ、ピチャ……」

　こちらの反応に構わず、小柄な人妻はひたすら先端部を舐め続けていた。ただ、夢中になっているというよりは、不慣れな行為を必死にしている、と言ったほうがいいかもしれない。

（うーん……気持ちはいいんだけど、このままだと少し罪悪感が……それに、先っぽばっかりでちょっと変化に乏しいかも？）

　彼女の様子に、尚人の中にはそんな思いが湧き上がってくる。

「美南さん、カリとか竿も舐めてください」

　尚人がそう指示を出すと、ようやく美南が「ふはっ」と声をあげて舌を離した。

「すみません。つい……」

「謝らなくていいですよ。それより、チ×ポ全体を舐め回す感じでお願いします」

「お、オチ×チン全体……分かりました」

　こちらのアドバイスに対し、七歳上の人妻がやや緊張した様子で応じる。そして、舌の位置をズラして竿の最も太い部分を舐めだす。

「レロ、レロ……」

「ううっ。それ、いいですっ」

「んふっ。チロ、ンロロ……」

尚人の反応に気をよくしたのか、彼女は竿に舌を這わせた。そして、こちらの指示通りに肉棒全体をネットリと舐め回し始める。

「ンロ、ンロ……レロロ……ピチャ、ピチャ……」

「くうっ！　そこっ……いいっ！　ううっ」

生じた性電気を前に、尚人は思わずそう口にしていた。

無論、舌使いはまだまだぎこちなく、テクニック的には真梨子の足下にも及んでいない。しかし、男にとって弱点となる部位を舐められているため、心地よさは充分に伝わってくる。

(真梨子さんとは違うけど……これはこれで、すごく気持ちいいぞ！)

尚人は、もたらされる快感に浸りながら、そんなことを思っていた。

慣れた爆乳人妻の舌使いも、もちろんよかったのだが、それを知っているからこそ美南のぎこちなさが新鮮に思えて、むしろ興奮できる。

その昂りのまま、尚人はさらなる行為を求めることにした。

「美南さん、チ×ポを咥えてください」

「ンロロ……ふはっ。えっ？　あ、あの、こんなに大きいの、お口に入るか……」

と、小柄な人妻が不安の声を漏らす。

「全部じゃなくてもいいです。入れられるところまでで、別に構わないですから。ほら、早く」

「は、はい……あーん」

尚人が急《せ》かすと、彼女はようやく口を大きく開けた。そして、一物をゆっくりと含みだす。

真梨子ではない女性の口に、自分のペニスが入っていく。その光景が、まるで夢のように思えてならない。

そんなことを考えながら見つめていると、竿の半分にも満たないところで、美南が「んんっ」と苦しそうな声を漏らして動きを止めた。どうやら、ここが限界らしい。

「じゃあ、歯を立てないように気をつけながら、顔を動かしてください」

尚人が指示を出すと、彼女は「むっ」と声をこぼした。そうして、緩慢に小さなストロークを始める。

「くうっ！　それ、いいですっ」

動きは小さく、なんともぎこちないものだったが、充分な性電気が発生して尚人はそう口にしていた。

この不慣れな感じは、真梨子と明らかに異なり、そのことが逆に新たな昂りを生み出してくれる。

（それにしても、本当に美南さんは指示を拒まないんだなぁ）

心地よさに浸る尚人の中に、そんな思いがふとよぎった。

フェラチオに慣れていないため、アドバイスに従わざるを得ないというのはもちろんあるだろう。ただ、元来の性格故か、彼女はこちらの出す指示に驚いたりためらったりしつつも、最終的にはすべて応じてくれている。

真梨子としているとき、尚人はほぼ経験豊富で積極的な相手に翻弄されていた。しかし、今は自分が女性に対して主導権を握っている。

そのことが、征服感にも似た思いに繋がり、爆乳人妻では得られない種類の興奮が込み上げてくる。

同時に、射精感が腰のあたりにムラムラと湧き上がってきた。

ただでさえ、真梨子と異なる女体への愛撫でいきり立っていたところに、ぎこちないとはいえペニスへの甘美な刺激を与えられているのだ。さらには、これまでにない種類の興奮を味わっていることで、どうにも昂りを抑えきれない。

「ううっ。美南さん、そろそろ出そうです！　チ×ポを口から出して！」

尚人が、早口でそう指示を出すと、彼女が「ふはっ」と声を漏らして一物を口から離す。

その瞬間、限界を迎えた尚人は、小柄な人妻の顔をめがけて白濁のシャワーを浴びせていた。

「ひゃうううんっ！　熱いの、出ましたぁぁ！」

美南は素っ頓狂な声をあげつつも、避けようともせず目を閉じて顔面にスペルマを浴びる。

そうして、彼女の顔からこぼれた精液が、テニスウエアや乳房に落ちてそれらを汚していく。

その光景に、尚人はなんとも言えない満足感と共に、激しい挿入への欲求を抱かずにはいられなかった。

6

「ふあああ……すごく、いっぱぁい。それに、匂いも濃くて……あの人とは、何もかも違いますぅ」

射精が終わると、美南が目を開けて陶酔した表情でそんなことを口にした。

その彼女の姿だけで、牡の本能が刺激されてしまう。

「美南さん、顔を自分で綺麗にしましょうか？」

と声をかけると、小柄な人妻は我に返って「あ、はい」と応じた。そして、テーブルの上のボックスティッシュからティッシュペーパーを取り出して拭い始める。

（ああ、さすがに具体的に言わないと、手で拭って舐めてはくれなかったか）

どうやら、今の美南に真梨子のような行為を自発的にしてもらうのは、まだ難しかったようだ。もっとも、行為自体に不慣れな女性に、「精液を自分で舐めて処理しろ」と命じるのは、いくら彼女が従うにしても酷《こく》かもしれない、という気もするが。

尚人がそんなことを考えている間に、七歳上の美女は顔や胸のスペルマを拭い終えて、「ふはあ」と吐息をついて、こちらに目を向けた。

ただ、その視線はまだいきり立ったままの陰茎を見つめており、また内股をモジモジと擦り合わせている。

思うに、彼女も牝の欲求を我慢できなくなっているらしい。

そう悟った尚人は、小柄な人妻に飛びかかろうかと腰を浮かせようとした。だが、すぐに思いとどまってソファに座り直す。

（美南さんの性格的に、押し倒してても受け入れてくれると思うけど、どうせならもっと違う形で……）

と考えた尚人は、思いついたことを実行するため口を開いた。

「美南さん、下着を脱いで僕にまたがってください」

「えっ？　あ、あの……？」

こちらの求めに、彼女が困惑の声をあげる。どうやら、意図が理解できずにいるらしい。

「いいから、早く脱いでください」

尚人が追い打ちをかけて促すと、美南がようやく「は、はい」と応じて、怖ず怖ずと立ち上がった。そうして、スコートに手をかける。

「あっ。スコートはそのままで、アンスコとパンツだけ脱いでください」

と追加で指示を出すと、彼女は「えっ？」と怪訝そうな表情を見せて手を止めた。

しかし、それでも素直にスコートから手を離し、それを中に入れてアンダースコートとショーツを引き下げる。

やはり、小柄な人妻は基本的に指示に逆らうという意識を、あまり持ち合わせていないらしい。

そうして、アンダースコートと下着を床に置くと、彼女は恥ずかしそうにこちらに向き直った。スコートを穿いたままなので、一見すると特に下半身にはまったく変化がないように見える。

「それじゃあ、またがってください」

「えっと、あの……はい」

尚人が促すと、美南は躊躇する素振りを見せつつも、怖ず怖ずとこちらの膝の上に来た。

「あ、あの、尚人さん？」

「次は、このまま腰を下ろして、自分でチ×ポを挿《い》れてください」

「ええっ!?　そ、そんな……自分でなんて、したことがなくて……」

こちらの指示に、小柄な人妻が驚きと困惑に満ちた声をあげる。

夜の営みの経験が少ない、という話から予想はついていたが、彼女の夫は女性上位の体位をさせたことがなかったらしい。

「じゃあ、これが初めてですね？　さあ、チ×ポを握ってください」

尚人がそう言うと、美南も諦めたように「は、はい」と頷《うなず》き、おっかなびっくりという様子でペニスを握った。そうして、角度を調整しつつ自身の腰を動かして、秘裂に先端部をあてがう。

もっとも、感覚で分かるもののスコートに隠れているため、当たったところはまったく見えていないのだが。

しかし、それがむしろ背徳的な興奮をもたらしてくれる。

美南は、いったん動きを止めて、確認するようにこちらに目を向けてきた。

そのため大きく頷くと、ようやく諦めたように腰に力を込める。

「んんんっ……ふはあぁっ！　入って……きましたぁぁ！」

ペニスが生温かなところに入り込むなり、小柄な人妻が甲高い声をリビングに響かせた。

それでも、彼女は陰茎をそのまま呑み込んでいき、ヒップが太股に当たってそれ以上は進めない位置に達した。

「はあああああぁぁぁぁぁん!!」

途端に、美南が天を仰いで大声をあげ、身体を強張らせた。

が、すぐに全身から力が抜けて、尚人にグッタリともたれかかってくる。

「もしかして、イッちゃいました？」

「んはああ……はいぃぃ……はぁ、はぁ、こんなことぉ、んふあ、初めてでぇ……」

こちらの問いに、抱きつくような格好になった小柄な人妻が、荒い息を吐きながら間延びした声で応じる。

おそらく、もともと欲求不満だったことに加え、愛撫で充分に昂り、さらにフェラチオと顔射まで経験したため、我慢の限界が近かったのだろう。それが、ペニスで子宮口を突き上げられた瞬間に爆発した、というのは間違った見立てではあるまい。

「はあぁ、尚人さんのぉ、わたしの中を広げて、奥まで届いてぇ、子宮を押し上げていますぅ……こんなオチ×チン、信じられませぇん」

抱きついたまま、小柄な人妻がそんなことを口にする。

どうやら彼女の夫では、子宮に届くほど深い挿入はできなかったらしい。

（くうっ。美南さんの中、真梨子さんと違ってきつめで、だけどチ×ポに吸いついてくるみたいな……）

尚人のほうも、初めて味わう感触に酔いしれていた。

爆乳人妻の膣肉は、一物にウネウネと絡みついてくる印象だったが、美南の内部はまったく異なって、肉がペニスにピタッと貼りつくような感じが強い。

それに加えてやや狭いのか、陰茎を強めに締めつけてくる。とはいえ、これは彼女の経験数が少ないのと、尚人の一物が夫のモノより大きいのが理由なのだろう。

「はああ……こんなに、あそこが広がってぇ……身体の奥まで、オチ×チンで満たされた感じがぁ……これが、本当のセックスなんですかぁ？」

身体を震わせながら、美南が独りごちるように言う。もっとも、今の言葉は尚人への問いかけと言うよりも、自問に近いものに違いあるまい。

（チ×ポは気持ちいいし、オッパイも胸に当たっていいから、こうして抱き合っているだけでも興奮はするんだけど……）

セックスを知って日が浅い尚人は、どうにも衝動を抑えられなくなって、口を開くことにした。

「美南さん、自分で腰を動かしてください」

「ふえっ？　あ、あの、それは……」

こちらの新たな指示に、挿入の余韻に浸っていた小柄な人妻が、困惑の声をあげる。

おそらく、彼女は下から突き上げられると思っていて、自身が動くように求められるとは考えもしていなかったのだろう。

ただ、尚人のほうも真梨子と違って受け身な性格の美南に指示を出し、自ら行動させることに対して、大きな昂りを覚えていた。その悦びは、テニスのコーチをしている感覚に近い、と言えるかもしれない。

「……わ、分かりましたぁ」

　今さら抵抗もできない、と考えたのか、それとも自身の好奇心を抑えられなかったのか、美南が諦めたようにそう言って、ゆっくりと腰を上下に振り始めた。

「んっ、あっ、あんっ！　んくっ、はうっ、感じっ……あううっ！　あっ、あんっ、はうんっ……！」

　ぎこちない動きだったが、充分な快感を得ているらしく、小柄な人妻がたちまち甲高い喘ぎ声をリビングに響かせだす。

　また、おそらく無意識だろうが、その腕に力がこもって身体がより密着する。

（くうっ。オッパイが、胸に押し当てられて……オマ×コの中も気持ちいいし、美南さんの匂いも感じられて、すごく興奮できるぞ！）

　尚人は、もたらされる心地よさにすっかり浸りきっていた。

　美南のバストは、真梨子ほどボリューミーではないものの、弾力が強いぶん押しつけられると爆乳とは違う感触が胸に広がって、実に心地よく思える。

　それに、セックスをしながら女性の匂いを嗅げるというのは、尚人にとっては何よりのご褒美に感じられてならない。

「あっ、あんっ、こんなっ、あんっ、わたしぃ！　はあっ、こんなにっ、ああっ、いいのっ、はううっ、初めてぇ！　ああんっ、あの人とっ、んあっ、するよりっ、はううっ、ずっといいですぅ！　あんっ、はううっ……！」

腰を振りながら、美南がそんなことを口走る。

夫よりも、彼女を気持ちよくさせている。その事実に、男としての自信がよりついたような気がしてならなかった。

ただ、七歳年上の童顔美女をここまでリードしてきたものの、全身で女体を堪能している興奮もあって、さすがにそろそろ気持ちに余裕がなくなりそうである。

さらに美南の腰の動きがスムーズになってきた。どうやら、行為に慣れてきたらしい。

「あっ、あんっ、あんっ、ああ……！」

喘ぎ声もリズミカルになり、潤滑油が溢れてきて結合部からグチュグチュという音が聞こえてくる。それがなんとも淫靡《いんび》で、興奮を煽ってやまなかった。

この姿を見ていると、ただただ七歳上の愛らしい美女をもっと気持ちよくさせたいという思いだけが心を支配していく。

「僕も、動きますよ？」

どうにも我慢できなくなった尚人は、そう声をかけると彼女の腰に手を回した。そして、返事を待たずにソファのクッションを利用して突き上げを開始する。

「はああっ！　それぇ！　ひううっ！　子宮っ、あひうっ、ズンズンってぇ！　あううっ、おかひくっ、ひああっ、なっちゃいましゅぅぅ！　あううっ、きゃふっ、はああっ……！」

美南がおとがいを反らし、これまでで最大の嬌声をリビングに響かせた。

ここは敷地面積が広く、隣家や道路まで距離があるので大丈夫だろうが、尚人の家くらいだったら近所に声が聞こえていたかもしれない。

さらに彼女は、しっかり抱きついて喘ぎながらも、こちらのピストン運動に腰の動きを合わせてきた。

もはや、快感を貪りたいという牝の本能に抗えなくなっているらしい。

「はああっ、わたしぃ！　あううっ、これ以上はぁぁ！　ああっ、んちゅっ……」

切羽詰まった声をあげた小柄な人妻が、急に尚人に唇を重ねてきた。

「んんっ！　んっ、んっ、んむっ……！」

そうして彼女は、くぐもった声をこぼしながら、腰の動きをよりいっそう激しくしだす。おそらく、エクスタシーの予感を抱きつつも、絶頂の声を尚人に聞かせたくないと考えたのだろう。

（くうっ、美南さんのほうからキスをしてきて……それに、身体がますます密着してオッパイの感触と、それに匂いもしっかり感じられて……ああっ、こっちもそろそろ限界だよ！）

尚人も、射精感が一気に込み上げてくるのを抑えられずにいた。

それと同時に、焦りの気持ちも湧いてくる。

（このままだと、美南さんの中に……）

真梨子の場合は、向こうがはっきりと望んだため、人妻に中出しした罪悪感はあっても多少の割り切りはできた。しかし、美南は現状、なんの意思表示もしていない。しかも、彼女は一応まだ新婚である。そんな人妻の子宮に精液を注ぐことには、さすがに尚人も抵抗を覚えずにはいられなかった。

とはいえ、意思を確認したくても今は唇を塞がれていて、問いかけられない状態だ。しかも、首にしっかり腕を巻きつけられているため、振り払うのも難しい。

さらに、美南の膣の蠢きが増し、腰の動きが小刻みになってきた。

「んっ、んっ、んむっ、んじゅぶ……！」

唇の接点からこぼれ出るくぐもった声も、より切羽詰まったものに変化し、彼女の限界が近いことが否応《いやおう》なく伝わってくる。

（ま、マズイ。早く抜かなきゃ……くううっ！）

どうにかしようと思った矢先、膣肉が妖しく収縮し、一物に甘美な刺激をもたらす。

そこで限界に達してしまった尚人は、暴発気味に小柄な人妻の中にスペルマを注ぎ込んだ。

「んむうううううぅぅぅぅぅぅっ!!」

同時に、美南が身体を強張らせて、くぐもったエクスタシーの声をリビングに響かせるのだった。

第三章　蕩け乱れる幼馴染み人妻

1

（ええと……僕は、どうしたらいいんだろう？）

ＹＺ女子テニス倶楽部のテニスコートで、尚人は困惑することしかできなかった。

何しろ、今日の美南は尚人の顔をまともに見ようとせず、近づいただけで真っ赤になって距離を取ってしまうのである。

もっとも前回、熱中症の影響で意識レベルが低下していたとはいえ、夫以外の男、それも年下のコーチを誘惑し、関係を持ったのだ。真梨子のように奔放ならともかく、美南の性格ではあのようになるのも仕方があるまい。むしろ、こうしてレッスンに出てきただけでも快挙だ、と言っていいかもしれない。

実際、尚人は七歳上の人妻が今回は適当な理由をつけて休むだろう、と予想していたのだ。そのため、テニスコートに来て彼女の顔を見たときは、驚きと同時に戸惑いすら覚えたものである。

ただ、今のような態度を取られていては指導どころではない。

それにしても、真梨子からすべてを察したような生温かい眼差しを向けられたのもキツかったが、愛良から「美南さんに変なことをしたんじゃないでしょうね？」と疑惑の目で問い詰められたのは、精神的にかなり応えた。

もっとも、それは小柄な人妻が「横になっていたとき、コーチにだらしない格好を見せてしまったから」と擁護してくれたおかげで、どうにか事なきを得たのだが。さすがに、彼女も尚人との関係を友人たちに打ち明ける気はなかったようだ。

その点は安心したものの、それ以外はずっとこちらを避けるような態度なのだから、本当にどうしていいか分からなくなってしまう。

結局、美南は愛良を相手にラリーの練習をし始め、尚人は真梨子の相手をすることになったのである。

（参ったよなぁ。美南さんとの距離感が、まったく掴めない。それに、今日一番の問題は……）

尚人は、爆乳人妻を相手にボールを打ちながら、このあとの不安に思いを巡らせた。

そうして、ちょうどレッスン時間の半分が過ぎ、尚人が休憩の指示を出すと、真梨子と愛良が汗を拭きながらこちらにやって来た。

「尚人、それじゃあ、これで失礼するわね？」

「尚人くん、最初に言ったけど、わたしも用があるからもう帰るわ」

実は、今日のレッスンの冒頭に、二人から早退する旨を伝えられていたのである。

細かい事情は聞いていないのだが、真梨子は夕方から町内会絡みの用があり、愛良は実家の両親と出かけるらしい。

「愛良姉ちゃん、真梨子さん、お疲れさまでした」

「お、お疲れさまでした」

尚人が二人に声をかけると、続いて美南も友人たちに挨拶しつつ会釈をする。

そうして、愛良と真梨子が更衣室に姿を消すと、尚人は「ふう」と大きく息をついていた。

（ここまで、美南さんとのことがバレないか、ずっとヒヤヒヤしていたからなぁ）

とは言っても、人生経験に勝る二人のことなので、もしかしたらすべてを悟っていながら、レッスン中だったからあえて追及してこなかった可能性はある。それに、今日は自分たちが早退するため問い詰める時間がない、と考えたのかもしれない。

そうだとしたら、次回以降に何か言われるのはあり得るが、ひとまず今日を乗り切れたのでよしとするべきか？

（それにしても、このあとは美南さんと二人きりなんだよな。美南さん、今日はずっと恥ずかしがって僕に近づこうとしなかったし……休憩のあと、何をしよう？）

真梨子くらい、性格がサッパリしていれば、後半も通常のレッスンを続けられたかもしれない。だが、前半の美南の態度を見ていると、いつも通りというわけにはいくまい。

そもそも、自分自身も気恥ずかしさを感じており、つい数日前に関係を持った教え子と二人きりという状況に、いっそうの居心地の悪さを抱いていたのだ。

とはいえ、彼女が「わたしも帰ります」と言わない限り、コーチという立場上、時間まで継続するしかあるまい。

「さ、さて、それじゃあ美南さん？　僕たちも休憩しましょうか？　また熱中症になったら大変だから、水分補給をしっかりしてください」

尚人が、どうにか平静を装ってそう声をかけると、小柄な人妻は目を見開いてから、「は、はい」と頷いた。おそらく、レッスン時間なのに名のほうを口にされて驚いたのだろう。

確かに、ここまでは愛良と真梨子の目があったため、「八畑さん」と呼んでいたのだが、二人きりであれば名前呼びをしても問題あるまい。

そうして、テニスコートの端にある屋根つきのベンチに美南と並んで腰かけ、スポーツドリンクを飲みつつ、私服に着替えた愛良と真梨子を見送って少し経ったとき。

「……あ、あの、尚人さん？」

ずっと黙っていた美南が、意を決したようにこちらを見て口を開いた。

「どうしました、美南さん？」

「えっと、その……ふ、二人きりになってしまいましたね？」

「えっ？　あ、はい。そう……ですね」

女性のほうから「二人きり」と言われて、尚人は心臓が高鳴るのをどうにか抑えながら、平静を装って応じた。

（美南さん、ちょっと赤くなって……僕よりも七歳年上なのに、やっぱり可愛らしく見えるんだよなぁ）

いつものことながら、彼女は小柄でやや童顔、しかも控えめな性格で尚人にも丁寧語を使ってくるため、自分と同い年か少し下と勘違いしそうになる。実際は、愛良より一歳上の二十七歳なのだが、とてもそうは思えない。

そんな年上美女の愛らしさを目にしていると、彼女の肉体の感触が自然に甦《よみがえ》って、再び求めたい気持ちが込み上げてきてしまう。

（いやいや、今はレッスン時間中なんだから。それに、仲がよくないとはいえ美南さんにも一応は旦那さんがいるし、何度もするなんて……）

尚人がそう考えて、どうにか欲望を抑え込もうとしていると、美南が意を決したように言葉を続けた。

「あ、えっと、その……もしも、尚人さんがよかったら、ですけど……また、エッチしてもらえませんか？」

「ほえ？　あ、あの、いいんですか？」

期待をしていなかった、と言ったら嘘になるものの、控えめな彼女のほうからの誘いに、尚人はついそう訊いていた。

「はい。その、わたし、夫とのセックスであんなに感じたことがなくて……と言うか、イッたこと自体も、中に出されたのも初めてだったもので、その、尚人さんのオチ×チンを忘れられなくなって……」

顔を真っ赤にした美南が、消え入りそうな声で言う。

(そうなんだよなぁ。中出しすら初めてっていうのもビックリだったけど、美南さんと旦那さん、マジで上手くいってなかったんだよね)

前のセックスのあとに聞いた話だが、美南の親は自身が経営する会社の利益のために、取引先の御曹司との結婚を強く勧めてきた。いわゆる、政略結婚である。

そして、控えめな性格で今まで親の言うことに逆らえずに生きてきた彼女は、自分の意志を示せないまま結婚したのだった。

だが、夫も親の強い意向に逆らえずに美南と結婚したものの、実は彼には本命の相手がいたらしい。

もちろん、夫はそのことを公言はしておらず、結婚後は「出張」などと家にほとんど寄りつかない口実を並べ立てているそうだ。しかしながら、彼が跡取りを望まれながらも自分とのセックスで避妊具を必ず着用することや、たまに帰ってきたときの態度や衣服に付着した髪の毛などから、美南は本命相手の存在を察したのである。

もっとも、それを責める気にならなかったのは、自己主張に乏しい性格もさることながら、夫に対して愛情を抱けていない、というのが大きかったようだが。

それでも、共に生活していれば好意を持てるかと思っていたものの、向こうがこちらをほとんど見てくれないのでは、お話にもならない。

また、形式だけとはいえ夫婦になったため、最初こそ義務的にセックスをして、美南は処女を喪失した。しかし、その後も気持ちよくなれず、妻が感じていないことに気付いたのか夫も求めてこなくなり、さらに家に帰ってくる頻度《ひんど》もめっきり減った、という話である。彼にしても、自分と合わない妻より相性のいい本命を相手にしていたほうが、充実感を抱けるのだろう。

思い返すと、尚人との行為中、美南は夫のことをずっと「あの人」呼びしていた。それも、八畑夫婦の実情を知ると当然という気がする。

ただ、互いの親の手前もあって即離婚というわけにはいかず、新婚にも拘《かか》わらず二人の関係は倦怠期の夫婦よりも冷え込んでしまったのだ。

そんなとき、美南は知り合った真梨子に誘われて、YZ女子テニス倶楽部に入った。

中学時代、親に強制的に部活を辞めさせられてから、まったくラケットを握っていなかったものの、もともとテニスに興味はあったし、家にずっと一人でいるよりは、友人となった爆乳人妻や愛良と共に過ごせるというのは魅力である。そう考えて、美南は、中学一年以来となるテニスを再開したらしい。

ところが、入会から間もなく、前の女性コーチが辞めてしまい、尚人が臨時コーチとして来た。

ただ、生来の性格に加えて中途半端に男を知っているため、異性である尚人を過剰に意識するようになった。結果、彼女は熱中症寸前になるほど水分補給を怠ってしまったのである。

彼女の家での件も、そうした積もり積もったフラストレーションが、意識レベルの低下によって爆発したせいだったようだ。

そんな小柄な人妻が、正常な状態で自分から求めて来るとは、さすがの尚人も予想外だった。もっとも、それくらいこちらのペニスを気に入った、ということなのだろうが。加えて、中出しも絶頂も初めてだったのだから、尚人とのセックスを忘れられなくなるのも当然かもしれない。

（それにしても、美南さんがこんなことを言うなんて……）

尚人は、彼女の告白に驚きを隠せずにいた。

ただ同時に、童顔の人妻の欲望を知ると、自身もムラムラする気持ちを抑えられなくなってしまう。

もちろん、愛良への罪悪感はあった。しかし、目の前に自分を求めてくれる美女がいるのに、男として我慢などできるはずがない。

「えっと……それじゃあ、更衣室に……」

「あの、実はわたし、一度外でしてみたい、と思っていて……い、いやらしい女と思われるかもしれませんけど」

尚人の言葉を遮るように、美南がそんなことを口にした。

どうやら、彼女は青姦への憧れのようなものを抱いていたらしい。

不安はあったものの、珍しい美南自身の望みを拒むなど、今の尚人にはできっこなかった。

2

「んっ……んむ、んじゅ……」

「んんっ。んじゅる、んむ……」

尚人と美南の舌を絡ませ合う音が、セミの鳴き声に混じってあたりに響く。

今、二人は更衣室棟の陰に入り、小柄な人妻が建物の壁に背をつける形で唇を重ねていた。それと共に、互いの股間に手を這わせている。

ここは外で、しかも今はレッスン時間中である。本来なら、胸への愛撫など手順を踏みたかったが、いつ誰が来るか分からない以上、のんびりしている余裕はない。そのため、キスとお互いの股間への愛撫からスタートさせたのだった。

ショートパンツ越しに、彼女の手でしごかれることにより、既に尚人のモノはパンツの奥で最大限勃起していた。

また、美南の股間もアンダースコート越しでもかなり湿っているのが、はっきりと指に伝わってくる。それに、汗をかいて間もない女性の身体から漂う匂いと温もりが、こちらの興奮を煽ってやまない。

(自分から希望したっていうのもあるんだろうけど、美南さんも相当に興奮しているみたいだな。とりあえず、ここなら誰かに見られなさそうでよかった)

キスと愛撫を続けながら、尚人はそんなことを思っていた。

ＹＺ女子テニス倶楽部が活動しているテニスコートは、受付などがある方角以外は周囲が木々に囲まれている。また、渡り廊下で繋がっているとはいえ、事務棟と更衣室棟は別の建物で、位置の関係もあって死角が多い。

ちなみに、二人がいるのは事務棟からは絶対に見えない面で、さらに風除《よ》けのために植えられた林で道路側からの視界も遮られていた。したがって、よほど大声を出したり事務局の人間が不意打ちで見回りに来たりしない限り、見つかる心配はあるまい。

そうして、ひとしきりディープキスをしてから、美南がようやく手の動きを止めて唇を離した。

「ふはあっ。はぁ、はぁ……尚人さんのオチ×チン、すごく大きくなってますぅ」

「美南さんのオマ×コだって、かなり濡れてますよ？」

そんなことを言い合うと、それだけで興奮が高まる気がする。

外での行為に、自分自身はもちろんだが、彼女も背徳的な興奮を覚えているのは間違いないようだ。

すると、美南が手探りでショートパンツのファスナーを開けた。そして、トランクスの奥に手を入れて、いきり立った一物を握って外に出す。

「はああ、尚人さんのオチ×チン……」

視線を下げ、勃起したペニスを見つめた小柄な人妻が、陶酔した表情を浮かべてそんなことを口にした。それから改めて竿を握り直し、シコシコと肉棒をしごきだす。

「くうっ！　美南さん……こっちも」

鮮烈な快感に見舞われた尚人は、お返しにアンダースコートとショーツをかき分け、秘裂に指を這わせた。そうして、筋に沿って指の腹でそこを擦るように刺激しだす。

「はうんっ、それぇ！　ああっ、気持ちよくてっ、はうっ、大声っ、あんっ、出ちゃいますぅ！　んあっ、尚人さんっ、あうっ、キスッ、はあんっ、してくださぁい！」

そう訴えられて、尚人は素直に七歳上の人妻に唇を重ねて声を殺した。

「んんっ。んっ、んじゅっ、んむっ、んんっ……！」

くぐもった声を漏らしつつ、美南はペニスをさらにしごき続けた。しかし、その手の動きはかなり不安定になっている。それだけでも、彼女が快感を得ているのがよく分かる。

(美南さん、今回はしたいことを自分からやっているし、して欲しいこともちゃんと言っているな)

唇と分身からの心地よさに酔いしれる尚人の脳裏に、ふとそんな思いがよぎった。

彼女は、命令には忠実なものの自発性に乏しい性格だったはずである。

だが、外でしたいという希望もそうだが、今回は自らペニスを握ったり、自身の望みを口にしたりしている。もしかしたら、前回のセックスで何かが吹っ切れたのだろうか？

その推理に興奮の高まりを覚え、尚人は指を割れ目に沈み込ませた。そうして、媚肉をかき回すように指を動かしだす。

すると、グチュグチュと音がして、奥から新たな蜜がたちまち溢れてきた。

「んんんっ！　んっ、んむぅっ！　んじゅぶっ、んふむっ……！」

小柄な人妻が、やや焦ったような声を唇の間からこぼす。

ペニスをしごく手の動きもさらに乱れ、それによってこちらにもより大きな快感がもたらされる。

そうしていると、どうにも挿入への欲求が抑えられなくなってきて、尚人は唇を離して愛撫の手を止めた。

「ふはああ……どうしてぇ？」

唇を解放され、南が疑問の声をあげる。おそらく、性電気を止められたことに不満を抱いているのだろう。

「美南さん？　僕、すぐにも挿《い》れたいです」

「んあ、そういう……わたしもぉ、早く尚人さんのオチ×チンが欲しいですぅ」

こちらの求めに、小柄な人妻も納得の面持《おもも》ちを見せつつ、とろけそうな声で応じる。

秘部の濡れ方から予想はついていたが、どうやら彼女のほうも準備がすっかり整っていたらしい。

そのため、尚人が秘裂から指を抜くと、美南も一物から手を離した。

それから尚人は、いったんしゃがんでスコートをたくし上げると、アンダースコートとショーツを摑んで一気に引き下げた。

すると、淡い恥毛に覆われた割れ目が一瞬見えて、またスコートに隠れてしまう。ただ、そんな光景がなんとも興奮を煽ってやまない。

尚人は、さらに片足からショーツとアンダースコートを抜いた。が、そこで動きを止める。

「全部脱がしちゃうと、もしものときにすぐに穿けないかもしれないんで、こっちは残しておきますよ？」

そう言って立ち上がると、尚人は自分のショートパンツとトランクスを引き下げて、下半身を露わにした。既にペニスを露出させられていたとはいえ、さすがにパンツを穿いたまま合体する度胸はない。

「ああ、尚人さんのぉ……やっぱりとっても立派ぁ」

美南が、よりはっきり姿を見せた肉棒をうっとりと見つめながら、独りごちるように言う。

そんな表情や言葉が、牡の本能を刺激してやまない。

尚人は、昂る気持ちに従って彼女の背を更衣室の壁に押しつけた。そして、少しかがんで分身の位置を小柄な人妻の腰よりも低くする。

それからスコートをめくり上げ、肉茎の先端を割れ目にあてがうと、美南の口から

「あんっ」と甘い声がこぼれ出た。

顔を見ると、彼女は期待に満ちた目をこちらに向けている。それだけで、望みが伝わってくる気がした。

尚人は、童顔の人妻の腰を摑んで膝を伸ばしだした。すると、ペニスが秘裂にズブリと入り込んでいく。

「んあああっ！　入って……きますぅ！　んくうううぅぅぅぅっ！」

一瞬、甲高い声をあげた美南だったが、すぐにこちらの首に腕を巻きつけつつ唇を嚙んだ。現在、うるさいくらいセミの鳴き声がしているが、それでもさすがにコート中に大声を響かせるわけにはいかない、と考える理性はまだ残っていたらしい。

尚人がそのまま挿入を続けていくと、間もなく女性の体重が下半身にズシッとかかってきた。

「んはあっ！　お、奥まで入りましたぁ」

と、美南が身体を震わせながら報告する。

身長差もあり、膝を伸ばしきっていないにも拘わらず、すっかり分身が中に収まってしまったのだ。

（だけど、どうせなら……）

そう考えた尚人は、七歳上の美女の太股を抱え込むようにして、思い切って膝を伸ばした。すると、彼女の足がフワリと浮く。

「ふえっ？　んあああっ！」

これは予想外だったらしく、美南が素っ頓狂な声をあげた。後頭部が壁に当たっていなかったら、大きくのけ反っていただろう。

それでも尚人は、構わずに膝を伸ばしきった。

すると、彼女の背を壁に押しつけて体重を分散させている格好だが、いわゆる駅弁スタイルになる。

「はあああっ！　ふああ……尚人さんのオチ×チン、すごく深いところまで入ってきてぇ……」

抱きついた美南が、そんなことを口にする。

(確かにこれ、挿入感が半端《はんぱ》なくあるな)

自分でしたことながら、尚人は内心で驚きを覚えていた。

腕と壁で重量が散っているとはいえ、足を浮かせた女性に挿《い》れているため、その体重がペニスにずしりと感じられる。すると当然、もう限界と思っていたよりもさらに深い、まさに奥の奥まで肉棒がめり込むような感覚になるのだ。

それが、なんとも言えない昂りを生み出し、どうにも我慢できなくなってしまう。

「動きますよ？」

と声をかけると、尚人は彼女の返事も聞かずに、膝のクッションを使って突き上げを始めた。

「んあっ！　ひううっ！　これぇ！　あううっ、あああっ……！」

たちまち、小柄な人妻が甲高い嬌声をあげだす。

その声に焦って、尚人はいったん動きを止めた。

「美南さん、声が大きすぎですって」

「はああ……ごめんなさぁい。でも、子宮を思い切り突かれて、頭のてっぺんまで気持ちよさが突き抜けていく感じがして、我慢できなかったんですぅ」

こちらの注意に、美南が耳元でそんな言い訳をする。

ただ、気持ちいいのは分かるが、あんな大きな喘ぎ声を出していたら、さすがに誰かに聞かれてしまうのではないか、という不安はある。

「んあっ……尚人さん、キスしましょう？　そうしたら、大声は出せませんからぁ」

尚人が思案していると、小柄な人妻のほうからそう提案してきた。

確かに、ここまでも唇を塞いで声を殺してきたのだから、同じ手を使えば問題はあるまい。

「分かりました。それじゃあ……」

と尚人が応じると、彼女が腕の力を緩め、顔を正面に移動させた。

そこで尚人は、すぐに唇を重ねて美南の口を塞ぐ。

「んっ。んんっ……」

キスをした途端、小柄な人妻がくぐもった声をこぼして腕の力を強めた。そのため、唇同士がこれ以上ないくらい密着する。

(これなら、もう声の心配はなさそうだな)

そう判断した尚人は、抽送を再開した。

「んんっ！　んっ……んむぅ！　んんっ、んぐぅぅ……！」

すぐに、美南がこもった喘ぎ声を漏らしだす。しかし、この程度ならばよほど近づかれない限り、誰かに声を聞かれる懸念はあるまい。

さすがに、正常位や後背位のようなスムーズな抽送、というわけにはいかないものの、一回一回が深く重いからなのか、こぼれ出る彼女の声を聞く限り相当な快感を得ているようである。

(くうっ。こうすると、美南さんをますます感じられる気がして……)

ピストン運動をしながら、尚人はそんなことを思って、興奮が高まるのを抑えられずにいた。

何しろ、体重はある程度分散されているとはいえ、しっかりと密着しているため、テニスウエアやブラジャー越しでも、女性の体温やバストの感触は充分に伝わってくる。それに、彼女の汗の匂いが鼻腔から流れ込んでくるのも、牡の本能的な欲望を刺激してやまない。

何より、テニスのレッスン時間中に、しかも誰に見られるかも分からない外で、教え子とセックスをしているという、いささか非現実的なシチュエーションに、背徳的な興奮を抱かずにはいられなかった。

おそらく、美南も似たような昂りを感じているのだろう、吸いつくような膣肉が前回よりも激しく蠢き、ペニスに甘美な刺激をもたらしてくれる。

尚人は、いつしか夢中になって腰を振り続けた。

「んんっ！　んむっ、んんんっ、んっ、んっ……！」

抽送のたびにこぼれる美南のくぐもった喘ぎ声が、今はなんとも耳に心地よいＢＧＭに思えてならない。

そうしていると、間もなく射精感が腰に込み上げてきた。

やけに早い気はしたものの、事前に一発抜かずにこの気持ちよさと興奮を味わっているのだから、仕方があるまい。と言うか、ここまで我慢できただけでも快挙な気がする。

もしも童貞か、あるいは真梨子と一度しただけで、今のシチュエーションになっていたら、遅くても挿入した時点で暴発していただろう。それをどうにか耐えられたのは、まさに経験のなせる業《わざ》と言える。

「んんーっ！　んっ、むっ、んんっ、んっ、んっ……！」

一方の小柄な人妻の膣肉も、蠢きも先ほどより増しており、肉棒にいちだんと強い刺激をもたらしていた。おそらく、彼女も絶頂間際なのだろう。

そのため、尚人はいったん動きを止めて唇を離した。

「美南さん、抜きますよ？」

「嫌ですっ。このまま、尚人さんの精液をくださいっ」

こちらの確認に、美南がそう拒絶の言葉を発し、今度は自ら唇を重ねてきた。そして、首に回した腕によりいっそう力を込め、さらには脚を腰に絡みつけてくる。

(美南さんが、中出しを求めてくるなんて……)

今回は、希望を口にすることが多かったとはいえ、通常は控えめな彼女がこれほど強い意志を示した事実に、尚人は驚きを隠せずにいた。

同時に、抱いていたためらいも消えていく。

（ええいっ！　ここまで言われて、女性の希望を叶えないなんて男じゃないぞ！）

もともと、本来は中に出したかったところを、相手が新婚の人妻ということで気を使ったのである。その彼女から中出しを要求してきたのだから、拒むほうが失礼ではないだろうか？

そう考えた尚人は、ラストスパートとして荒々しい突き上げを開始した。

「んっ、んっ、んむぅぅ！　んんっ、んぶっ、んじゅっ……！」

こちらの動きに合わせて、美南の口からくぐもった喘ぎ声がこぼれ続ける。

さらに、吸いつくような膣肉が収縮運動を始めて、一物に甘美な性電気を送り込んでくる。

（くうっ！　もう出る！）

限界を感じた尚人は、深く突いたところで動きを止めた。

同時に、小柄な人妻の中にスペルマが注ぎ込まれる。

「んんんんんんんんんっ!!」

射精と共に、美南がくぐもったエクスタシーの声をあげつつ、腕と脚に力を込めて全身を強張らせる。

（ああ……僕、なんかすごいことをしちゃった気が……）

尚人は、レッスン時間中に屋外で、テニスウエア姿の人妻に中出しを決めた現実に、背徳感を抱きながらも、その激しい興奮の余韻にドップリと浸っていた。

3

「あの、尚……コーチ？　バックハンドが、どうしても上手く打てないんですけど、コツはありますか？」

レッスン中に、美南がそんな質問をしてきた。

「あっ。えっと、バックハンドは利き足じゃない足で踏ん張るせいで、不安定になりやすいんです。あと、ボールを打つときは必ず上半身と下半身を同時に捻る、ユニットターンを意識してください」

「こう……でしょうか？」

尚人のアドバイスを受け、小柄な人妻がバックハンドの素振りをしてみせる。

「ああ、違います。もっと、肩を入れて」

「えっと、よく分からないので……その、ちゃんと触って指導してくださぁい」

彼女の少し照れくさそうな言葉に、尚人は心臓が大きく飛び跳ねるのを抑えられなかった。

（美南さん、あれ以来、妙に積極的になったよなぁ）

更衣室棟の陰で駅弁ファックをしてから、今日でちょうど一週間。

前回のレッスンでもそうだったが、小柄な人妻は恥ずかしそうにしながらも、尚人にやたらと近づくようになった。もちろん、真梨子のように抱きついてきたりはしないが、こうして手取り足取りでの指導を自ら願ってくるのである。

「えっと、それじゃあ……バックハンドのときは、まず利き足を柔らかく落として、ユニットターンをします。こんな感じで」

と、尚人は彼女の右手と左肩に手を触れた。

すると、美南がさりげなく身体をくっつけてくる。

「み、美南さん、また？」

「んっ……尚人さんの温もりと匂い、とっても安心しますぅ」

小声で困惑の声をあげたこちらに対し、小柄な人妻も他の二人にはまず聞こえないような小さな声で応じる。

前回から、彼女は指導のため尚人が触れると、ことさら身体を寄せてくるようになった。どうやら、年下コーチの体温や匂いを感じて悦《えつ》に入っているらしい。

当然、こちらにも美南の温もりや芳香が伝わってくるので、嬉しい気持ちはある。しかし、近くに愛良と真梨子もいるのだ。無論、恋人のようにベタベタするわけにはいかないし、興奮している姿を見せるわけにもいくまい。

（それにしても……美南さん、本当にもう旦那さんのことなんて、どうでもよくなっちゃったんだなぁ）

そんな思いが、尚人の脳裏をよぎる。

夫とのセックスでは、ほとんど感じられなかったのに、尚人とは二度とも大きなエクスタシーを味わえた。それにより、美南の気持ちは夫からすっかり離れてしまったらしい。

おそらくだが、八畑夫婦の関係が完全に終わりを告げるのも、そう遠い未来の話ではあるまい。

もちろん、もともとが親同士の利害の一致で結婚を半ば強制されただけで、しかも夫に本命の相手がいるとなれば、破綻《はたん》は時間の問題だったと言える。しかし、その最後の引き金を自分が引いてしまったも同然なのだから、尚人は一定の責任と困惑を覚えずにはいられなかった。

（そりゃあ、美南さんのことも好きだけど、僕はまだ大学生だからなぁ。それに、真梨子さんともエッチしているし……）

肌を重ねて心惹かれるようになったとはいえ、学生の立場で七歳上の女性を支える自信はない。だからと言って、美南のために大学を辞めて就職するというのも、いささか考えにくい選択である。

それでも、もしも真梨子との関係がなかったら、小柄な美女に大学卒業まで待ってもらう選択肢も、あり得たかもしれない。

しかし、実際は爆乳人妻と先に身体を重ねているのだ。その相手をあっさり捨てて美南を選ぶのは、尚人の性格的にしづらいものがある。

そもそも、二人が愛良の友人である以上、幼馴染みにどう説明するのか、という大きな問題から逃れられまい。

そんなことを思いながらも、尚人はどうにか気持ちを落ち着けて、さらに美南への指導を続けた。

そうして、トスマシンを使って小柄な美女にバックハンドの練習をさせていると、今度は愛良がやってきた。

「尚人くん？　ちょっと、わたしも教えて欲しいことがあるんだけど？」

「ほえ？　あっ、は、はい」

彼女の問いかけに、尚人はつい素っ頓狂な声をあげてしまう。そして、いったい何を訊かれるのか、という不安から胸の鼓動が早くなる。

「わたし、相手のボールにスピードがあると、どうしても振り遅れちゃうんだけど、どうすればいいのかしら？」

「えっ？　あ、テニスのこと？」

真梨子と美南の件を考えていただけに、肩透かしを食らった気がして、尚人は思わずそう口にしていた。

「もう。他に、何があるの？」

こちらの反応に、愛良が少し頬をふくらませて言う。

「いや、その……ちょっと、別のことを考えていたから。ゴメン、愛良姉ちゃん。えっと、振り遅れだね？　女性選手が強いスイングをしようとすると、よくあるみたいだよ」

「そうなの？」

「うん。僕も、コーチを引き受けてから調べて知ったんだけどさ。まず、肘の位置を意識してラケットを後ろに引きすぎないのと、手だけじゃなくて身体全体の力を利用して打つようにするのが、振り遅れないコツらしいよ」

「肘の位置と、身体全体ね？　こんな感じかしら？」

尚人のアドバイスを受けて、愛良が素振りをしてみせる。

「ああ、まだ引きすぎ。テイクバックは、もっと小さくても大丈夫だから」

「そう？　こう？」

と、幼馴染みが修正したスイングを見せる。

「んと、肘はもう少し手前でも」

そう助言しながら、尚人はなんとも言えない居心地の悪さを感じずにはいられなかった。

これが真梨子や美南だったら、手を取って指導するだろう。だが、愛良が相手だと緊張してしまうため、未だに身体に触れられないのだ。

(やっぱり僕、まだ愛良姉ちゃんを諦めきれていないんだよな……)

そんなことを思うと、胸に痛みを覚えてしまう。

愛良が結婚した時点で、尚人としては彼女への思いを断ち切ったつもりだった。しかし、初恋をそう簡単に忘れられるほど、サッパリした性格はしていない。

おまけに、憧れの相手が近くにいるというのに、彼女の二人の友人と複数回の肉体関係を持ってしまったのだ。

愛良も、まさか年下の幼馴染みが友人たちとねんごろになるなどとは、思いもしていなかったに違いあるまい。ましてや、コーチと教え子という関係であるのに拘わらずである。

思い人の信頼を裏切り、しかもそのことを秘密にしている、という事実に尚人は罪悪感を抱かずにはいられなかった。とはいえ、彼女に真梨子と美南との関係を打ち明ける度胸もないのだが。

しかし、二人の人妻と身体を重ねたことにより、尚人の中で既婚者に対する心理的なハードルが下がったのも間違いない。そのせいか、なんとか諦めようとしていた愛良への思いがぶり返してしまったのだ。

おかげで、彼女と話をするときも、我ながらよそよそしくなっている気がしてならない。

（はぁ。愛良姉ちゃんのこともあるけど、真梨子さんと美南さんとの関係も、いったいどうしたらいいんだろう？）

そう考えると、どうしても気持ちが重くなるのを抑えられない。

ただ、尚人は自分のことで精一杯で、愛良の怪しむような視線にまったく気付いていなかった。

4

レッスンの時間が終わり、尚人は更衣室と同じ棟内にある倉庫に、練習で使用したボールやトスマシンなどをしまい込んだ。それから、男子更衣室へと向かう。

しかし、男子更衣室前まで来たとき、尚人はテニスウエア姿の愛良がドアの前にいるのを見て、目を丸くして足を止めた。

普段、幼馴染み人妻はテニスをするとき髪をポニーテールにしているが、今は髪をほどいて下ろしている。彼女が、テニスウエア姿で背中までのロングヘアという格好をしているのは珍しく、意外なくらい新鮮に思えてならない。

「あ、愛良姉ちゃん？　こんなところで、どうしたの？　まだ、着替えてなかったんだ？　って言うか、真梨子さんと美南さんと一緒に帰らなかったの？」

「うん。尚くんと話したいことがあったから、二人には先に帰ってもらったの。それに、着替えていたらすれ違いそうな気がしたから、そのまま待っていたのよ」

尚人の疑問に、愛良がそう応じる。

彼女は通常、人前では「尚人くん」と呼ぶのだが、今は二人きりだからだろうか昔からの「尚くん」という呼び方にしている。

「僕と話したいこと？」

「ええ。でも、廊下だとちょっと声が響くかしら？　確か、今日って男子更衣室を使う予定はもうないわよね？　中で、話をしましょうか？」

幼馴染みの提案に、尚人は困惑を隠せなかった。

まさか、彼女がこのようなことを言いだすとは、いささか予想外である。

もっとも、既に夫である三好健児と結婚して四年近く経つので、異性の更衣室に入るくらいはさほど抵抗なくできるのかもしれない。それに、廊下は声が響くのも事実なので、大事な話をするなら室内でというのも納得がいく。

尚人は、ドギマギしながらも頷き、更衣室に愛良を招き入れた。

「へえ。男子更衣室って初めて入ったけど、基本的には女子と変わらないのね。ベンチの色が、違うくらいかしら？」

室内に足を踏み入れてドアを閉めるなり、幼馴染みが興味深そうに言った。

もちろん、尚人も真梨子に女子更衣室へと連れ込まれたことがあるため、相違点は知っている。とはいえ、さすがにそれを言えるはずもないので、同意もせずに黙っているしかない。

もっとも、男子更衣室で憧れの女性と二人きり、というシチュエーションに緊張を覚えてまともに応対できる自信がなく、沈黙を守るしかないというのも大きかったが。

ただ、愛良の平然とした態度を見ていると、彼女が自分と二人きりになることになんの警戒心も抱いていないのを、しみじみと痛感せずにはいられない。

すると、幼馴染み人妻が真面目な表情になってこちらを見た。

「尚くん、そこに座ってくれる？」

と、低い声でベンチを指さして指示を出されると、さすがに尚人も逆らえず、素直に腰を下ろす。

それを見てから、愛良が前にやって来た。そして、胸の下で腕を組んでジロリと睨むように見下ろしてくる。

彼女は普段、とても温厚なだけに、こんな表情を見たのは尚人も初めてで、戸惑いを隠せずにいた。

「さて、尚くん？　わたしが何を言いたいか、分かるかしら？」

やや怒気をはらんだ低い声で、愛良がそう訊いてくる。

「えっと、それは……」

剣幕に気圧《けお》されて、尚人は言葉に詰まっていた。

何しろ、色々と思い当たることがあり、彼女がすべてに関して質問しているのか、個別の案件について問いただしたいのかが分からないのだ。そのため、回答したくてもできないのである。

とにかく、迂闊に答えて藪蛇《やぶへび》になるのは、さすがに避けたいところだ。

すると、さすがは幼馴染みと言うべきか、こちらの心情を察したらしく愛良が「はぁ」と大きな吐息をついた。そして、さらに言葉を続ける。

「それじゃあ訊くけど、真梨子さんと美南さんと何かあったわよね？　正直に話してくれる？」

彼女の指摘に、尚人の心臓が喉から飛び出しそうなくらい大きく飛び跳ねた。

どうやら、幼馴染み人妻は二人の友人の両方と、自分との関係が変わったことに気付いていたようである。

もちろん、最近の美南の態度はこちらも戸惑うくらい前と違うので、おそらく端《はた》からでも関係に変化があったと推理するのは、容易だったのだろう。

また、真梨子も美南ほど分かりやすくはないが、二度目の関係以降は尚人との距離が以前よりも近づいていた。注意して見ていれば、親密な仲になったと勘づいてもおかしくはないのかもしれない。

ただ、「正直に話して」と言われて、おいそれと話せるようなことでもないため、尚人は言葉を紡げなかった。

「答えられない？　じゃあ、はっきり訊くけど、二人とエッチした？」

愛良が、苛立ったようにそう問いかけてくる。

さすがに、ここまでストレートに問い詰められると否定はできず、尚人は「うん」と首を縦に振るしかなかった。

すると、彼女は目を大きく見開いてから、「はあ〜」と呆れたような声を漏らして天を仰いだ。それから、また視線をこちらに向けて言葉を続ける。

「尚くん？　キミのしたことは不倫で二股なのよ？　まさか、尚くんがそんなに節操のない子だなんて思わなかったわ。それに、真梨子さんも美南さんも、わたしより年上だけど大事なお友達なの。二人を傷つけるような真似は、いくら尚くんでも許さないわよ？」

その厳しい言葉に、尚人は胸の痛みを禁じ得なかった。

しかし、今の言葉から察するに、どうも彼女は年下の幼馴染みが先に手を出した、と勘違いしているようだ。たとえ嫌われるとしても、この誤解だけはなんとしても解かねばなるまい。

「えっと、真梨子さんと美南さんとエッチしたのも、不倫で二股なのも認めるけど、どうしてそうなったかは説明させてよ」

「いいわよ。聞いてあげる」

尚人の言葉に、愛良が睨みつけるようにしながら応じる。

さすがに、いくら怒りの感情があっても一方的に糾弾《きゅうだん》するつもりではなく、一応は釈明に耳を傾けようという冷静さは、しっかり持ち合わせていたようである。

「んとね、実は……」

と、尚人はまず真梨子と関係を持った状況を、さらに美南と肌を重ねるに至った経緯を説明した。

最初は、こちらを睨んでいた愛良だったが、話を聞くうちにまずは呆れたような、それから戸惑ったような表情へと顔つきを変化させていった。

おそらく、快活で奔放な真梨子はともかく、控えめな美南までが尚人を誘惑したというのは、予想外だったのだろう。

「……というわけなんだ」

尚人が説明を終えても、幼馴染み人妻はしばらく無言だった。表情から見て、想定外の話をされたために考えをまとめきれていないようである。

「……事情は分かったわ。にわかには信じられないけど、尚くんはこういうときに嘘をつく、というか嘘をつける子じゃないものね。信じてあげる」

ややあって、困惑したままの様子ながらも、愛良がそう言った。

こちらの性格を熟知しているだけに、戸惑いはあれども説明を受け入れる気になったらしい。

「だけど、尚くんはどうするの？　不倫、ましてや二股なんて……いくら拒めなかったっていっても、やっぱりよくないと思うわ」

「それは、分かっているんだけど……」

「そもそも、尚くんは二人のことを本気で好きなの？　もしも本気で、どちらかと真剣にお付き合いをしたいのなら、わたしがとやかく口を挟むべきじゃないのかもしれないけど」

彼女のその言葉に、尚人は胸に痛みを覚えずにはいられなかった。

愛良が、尚人を異性として意識していたら、今のようなことを口にしなかっただろう。あくまでも、少し年の離れた弟のような存在だと思っているから、不倫や二股の心配をしながらも、こんな言葉が出てくるのに違いあるまい。

思い人から、そこまで「男」として見られていないのを痛感すると、今さらながらに悔しさが込み上げてくる。

そんな思いと共に、尚人の中に今まで抑えていた感情が一気に湧き上がってきた。

「僕、真梨子さんと美南さんとエッチしちゃったけど、本当は愛良姉ちゃんのことが子供の頃からずっと好きだったんだ！　真剣に付き合うなら、愛良姉ちゃんがいいよ！」

童貞のままならば、絶対に言えなかった気持ちを堪えきれなくなって、尚人はベンチから立ち上がってそう口走っていた。

その唐突な告白に、愛良が「ええっ!?」と驚きの声をあげて目を丸くする。

「そ、そんなことを言われても困るわ。わたしにも、夫がいるのよ。それに、尚くんは弟みたいな子で……」

「僕は、愛良姉ちゃんの弟じゃないよ！　僕だって、男なんだからね！」

戸惑う幼馴染みに、尚人はそう反論してズイッと顔を近づけた。すると、彼女が気圧されたようにあとずさる。

ついさっきまで、尚人が圧倒される立場だったが、あっという間に立場が逆転してしまった感がある。

実際、こちらのほうが十五センチほど背が高いため、勢い込んで距離を詰められると、愛良の側からすると相当な威圧感があったのに違いあるまい。

ロッカーを背にした彼女が、横に逃れようとしたので、尚人は逃すまいと両手を突いた。そうすると当然、いわゆる壁ドンの体勢になる。

そのシチュエーションに、愛良もさすがに目を丸くして固まってしまった。おそらく、こんな体勢になった経験はないのだろう。

「愛良姉ちゃんは本気にしていなかったけど、僕が子供の頃に言った『好き』は、ちゃんと恋愛の意味だったんだ。その気持ちは、今でも変わってないよ？　愛良姉ちゃんは、僕のことが嫌い？」

「き、嫌いじゃないわ。でも、尚くんがそこまで本気だったなんて……」

尚人の言葉に、彼女が困惑の表情を浮かべながら応じた。

二人には、六歳の年齢差がある。愛良が思春期真っ盛りの頃、尚人はまだ小学生だったのだ。それなのに、年下の幼馴染みから「好き」と言われても、恋愛的な意味と受け取れなかったのも仕方があるまい。ましてや、生まれたときからの姉弟のような間柄であれば、なおさらと言える。

しかし、今は二十歳と二十六歳である。年齢のバランス的には、充分に許容範囲だろう。

（あっ。愛良姉ちゃんの匂い……）

顔を近づけたことで、汗をかいた幼馴染みの女性の芳香が鼻腔に流れ込んできて、尚人の胸は自然に高鳴った。

同時に子供の頃、抱擁されるたびに感じていた匂いと同じような、少し違うような甘酸っぱい香りに牡の本能が刺激される。

（くうっ！　もう、我慢できない！）

尚人は、思い切って愛良を抱きしめた。

「あっ。駄目だよ、尚くん」

と、年上の幼馴染みが身じろぎをする。しかし、その抵抗は思っていたよりも弱い。

（もしかして、愛良姉ちゃんも実は欲求不満なのかな？）

少し前に聞いた話だが、彼女の夫は非常に多忙で出張も多く、帰宅が深夜になるのも珍しくないらしい。そうなると、夜の営みもなかなか難しいだろう。

また、真梨子と美南もそれぞれに事情は違ったものの、夫とセックスレスでフラストレーションを溜め込んでいた。二人と親しい幼馴染みが、似たような悩みを抱えていたとしても、不思議ではあるまい。

(そうだとしたら、ちょっと強引にしたほうが、愛良姉ちゃんも受け入れてくれるかも?)

愛良がこちらの性格を熟知しているのと同様に、尚人も彼女の性格を把握していた。

子供の頃、六歳上の幼馴染みは年下のワガママを、「仕方ないわねぇ」と言いつつ大抵のことは許容してくれた。おそらく、その性格は今も変わっていないだろう。

そう判断した尚人は、いったん身体を離すと、呆然としている彼女に顔を近づけ、思い切って唇を重ねた。

もちろん、童貞の頃なら頭で考えても絶対に実行できなかったに違いあるまい。だが、真梨子や美南とも関係を持ったことで、尚人の中ではキスのハードルがかなり下がっていた。

唇同士が触れるなり、愛良が「んんっ!?」と驚きの声を漏らした。しかし、身体に力が入ったものの振り払おうとはしない。

(これが、愛良姉ちゃんの唇……僕、愛良姉ちゃんとキスをしているんだ!)

プリッとした唇の感触、それに鼻腔に漂ってくる女性の匂い。恋い焦がれてやまなかったものを今、現実に体感している。

そう考えると、感慨を覚えて自然に胸が熱くなってきた。

特に、ずっと憧れていた相手とのキスなのだから、真梨子や美南としたのとは違った感動が湧き上がってくるのは、至極当然と言えるだろう。

我慢できなくなった尚人は、幼馴染み人妻の口の中に舌をねじ込んだ。そして、彼女の舌を絡め取る。

「んんっ!? んじゅ……んむ、んんっ……!」

こちらの行動に、愛良が驚きの声を漏らして、舌を逃がすように動かしだす。しかし、狭い口内では逃げ切れるものではない。

そうしていると、怖ず怖ずとだったが彼女の舌が絡みついてきた。

(えっ？ 愛良姉ちゃんが、自分から……)

突然の幼馴染みの行動に驚きつつ、尚人は思い人との初めての濃厚なキスに酔いしれていた。

5

ひとしきりディープキスをすると、尚人はいったん唇を離した。

「ふはあっ。はぁ、はぁ……尚くん、キス上手ぅ」

息を切らしながら、愛良がそんなことを口にする。

(真梨子さんに、けっこう鍛えられたからなぁ)

とは思ったが、ここで他の女性の名を出すのはデリカシーがなさすぎる気がして、尚人はあえて何も言わなかった。

改めて見ると、七歳上の幼馴染み人妻の顔は既に上気し、目も潤んでいた。いわゆる発情状態に見えるのは、気のせいではあるまい。

初めて目にした表情に、どうにも欲望を我慢できなくなった尚人は、思い人のテニスウエアの裾に手をかけた。そして、一気にたくし上げると、グレーのスポーツブラに包まれたふくらみが露わになり、愛良が「あっ」と声をあげる。

それでも尚人は、構わずブラジャーの上から片手で乳房を鷲摑みにした。

すると、スポーツブラ越しでも分かる弾力と柔らかさを兼ね備えた感触が、手の平に広がる。

「んああっ！　な、尚くんっ……んはっ、んんっ、んっ、んむっ……！」

指に少し力を入れて軽く揉みしだきだすと、たちまち彼女が甲高い声をこぼし、すぐに唇を嚙んで声を殺した。

喘ぎ声を我慢しているのは、ここが更衣室だからなのか、それとも年下の幼馴染みに恥ずかしい声を聞かれたくない、という思いからか？

しかし、表情を見た限り下着の上からの愛撫でも快感を得ているのは、まず間違いあるまい。

そう判断した尚人は、いったん愛撫の手を止めると、スポーツブラをたくし上げた。

すると、頂点にピンク色の突起を備えた二つのふくらみが、ポロンとこぼれ出る。

尚人は身体を少し離し、幼馴染みのバストに目を向けた。

「これが、愛良姉ちゃんのオッパイ……」

露出した乳房を見たとき、尚人は思わずそう感嘆の声をこぼしていた。

分かっていたことだが、彼女の胸は最後に生で目にしたときよりも、かなり成長している。

お椀型で大きく綺麗な乳房は、上にスポーツブラが乗っているのを差し引いても、充分すぎるくらい魅力的である。それに、頂点にある綺麗なピンク色の突起が、目を惹いてやまなかった。

アダルトな画像などで、女性の裸は目にしていたし、既に真梨子と美南の裸体も拝んでいる。しかし、こうして憧れの相手の胸を見ると、やはり感慨もひとしおだ。

どうにも我慢できなくなった尚人は、両手をふくらみに這わせた。

途端に、愛良が「んああっ！」と甲高い声をあげて、おとがいを反らす。

その反応に悦びを覚えた尚人は、指に力を込めた。

すると、吸いつくような肌触りと、弾力と柔らかさのバランスが絶妙なふくらみの感触が、手の平いっぱいに広がる。

ブラジャー越しでもよかったが、やはり生で触ったほうが彼女のバストの魅力がより感じられる気がした。

そうして昂ってくると、つい力任せに揉みしだきたくなる。

(おっと、我慢、我慢。愛良姉ちゃんを、きちんと気持ちよくしてあげないと)

どうにか自制した尚人は、優しい手つきで乳房を愛撫しだした。

真梨子のアドバイスがなかったら、間違いなく欲望に負けていただろう。その意味で、彼女との経験は非常に役に立っていると言える。

「んんっ……んっ、んふうっ、んくうっ……」

こちらの手の動きに合わせて、閉じた愛良の口からくぐもった声がこぼれ出る。

そこで尚人は、指の力を少し強めてみた。

「んんっ。ふあっ、あんっ、尚くんっ、あんっ、声っ、あううっ、我慢できないっ。

「はうっ、ああっ……！」

歯を食いしばっているのも限界に達したらしく、とうとう幼馴染み人妻が声を出して喘ぎだす。

（これが、愛良姉ちゃんの喘ぎ声……それに、表情もすごくエロイ……僕が、愛良姉ちゃんを気持ちよくしているんだ！）

そんなことを思うと、昂りがいっそう湧き上がってくる。

どうにも気持ちを抑えきれなくなった尚人は、片手を乳房から離して下に向かわせた。そうして、スコートをたくし上げると、アンダースコートの上から秘部に指を這わせる。

それだけで、愛良が「はうんっ！」と声をあげておとがいを反らす。

（あっ。けっこう濡れてるな）

アンダースコートとショーツ越しながらも、指の腹に湿り気を感じて、尚人はそう判断していた。

「愛良姉ちゃん、僕の愛撫で気持ちよくなってくれていたんだね？　嬉しいよ」

「嬉し……本当に？　尚くんは、わたしをふしだらな女って思っていない？」

尚人の言葉に、幼馴染み人妻が意外な反応を示す。

「別に。嬉しいっていうのは本心だけど……もしかして、何か言われたことがあるの？」

「うん。わたし、本当はエッチなことに興味があって……一人でも、よくしているのよ。だけど、健児さんに『女性はお淑《しと》やかであるべき』って言われて、彼とするときは乱れすぎないように、ずっと我慢していたの」

どうやら、彼女の夫は古い時代のような貞淑さを女性に求めているらしい。実際、愛良の見た目や基本的な性格は、お淑やかそのものという感じなので、彼の好みに合っていたのだろう。

ちなみに、尚人が自分の両親から聞いた話だが、愛良が健児を結婚相手に選んだのは、真面目さや誠実さに惹かれたかららしい。また、お金の使い方などの価値観は一致していて、そこもポイントになったようである。

しかし、今の話から察するに性的な嗜好や価値観については、お互いまったく考慮していなかったようだ。

その点のズレが、結婚してからはっきりしたものの、彼女は己が我慢することで夫に合わせているらしい。

「そんなことをしていたら、大変だったんじゃない？」

「そうね。だからなのか、健児さんも求めてこなくなって、ここ何ヶ月かは自分でする以外はすっかりご無沙汰で……」

尚人の問いに、幼馴染みが悲しそうに応じる。

どうやら、健児も妻が感じていないか、快感を堪えているのに気付いていたようだ。もしかしたら、愛良を気遣って行為を控えているのかもしれないが、それがかえって彼女のフラストレーションを溜めることに繋がっているとは、皮肉としか言いようがない。

「僕は、エッチな愛良姉ちゃんも好きだよ。むしろ、もっといやらしい姿を見せて欲しいくらい」

「尚くん……いいのね？　わたし、尚くんの前では気持ちいいのを我慢しないで、本当にいいの？」

「もちろんだよ。僕は、愛良姉ちゃんがして欲しいことならなんでもしてあげるし、したいことがあれば受け入れてあげるよ。だから、本当の愛良姉ちゃんを僕に曝《さら》け出して」

尚人のその言葉に、愛良が目を輝かせて口を開いた。

「それじゃあ、尚くんのオチ×ポにご奉仕させてくれる？」

「いいよ。ちょうど、僕もして欲しいって思っていたところだし」

実際、尚人の一物はショートパンツの奥でいきり立っており、そろそろフェラチオでもして一発抜いてもらいたい、と考えていたのだ。それを向こうから切り出してくれたのは、まさに渡りに船と言っていいだろう。

そこで尚人は、いったん幼馴染みから身体を離した。彼女の温もりや感触、さらに匂いも失われて少し残念な気持ちが湧いてきたものの、次の行為を思えば仕方があるまい。

そんなことを考えながら、尚人は緊張しつつショートパンツに手をかけた。

既に、真梨子と美南に下半身を晒しているとはいえ、思い人に見せるというのはなかなかにプレッシャーがある。

(それでも、チ×ポを出さなきゃフェラはしてもらえないし)

そう割り切った尚人は、意を決してショートパンツとトランクスを脱ぎ、下半身を露わにした。

「えっ？　ええっ!?　尚くんのオチ×ポ、そんなに大きく……」

勃起を目にした途端、愛良が目を見開いてそんなことを口にする。

「僕のチ×ポ、けっこう大きいらしいけど、愛良姉ちゃんもそう思うんだ？」

「う、うん。健児さんのより、ずっと大きくて太くて……あの小さかった尚くんが、こんなに立派なオチ×ポを……なんだか、信じられないわ」

こちらの問いかけに対し、彼女が独りごちるように言った。

それにしても今の感想は、生まれたときから尚人を見知って、幼少期には一緒に入浴した経験もある幼馴染みならでは、と言えるだろう。

そんなことを考えつつ、尚人は真梨子との行為を思い出してベンチに座った。

立ったまましてもらおうかとも思ったが、憧れの女性の奉仕を受けて無事でいられる自信はなかった。もしかしたら、快感で腰が砕けてへたり込んでしまうかもしれない。であれば、着座状態でしてもらったほうが、安心して快感に集中できるというものだ。

愛良も、こちらの意図を察したらしく、すぐに前に跪いた。そうして、一物をうっとりと見つめながら顔を近づけてくる。

「ああ、本当に大きい……」

そう口にしつつ、彼女はゆっくりと手を伸ばし、竿を優しく包み込んだ。

途端に気持ちよさがもたらされて、尚人は思わず「うっ」と呻いていた。

真梨子と美南にもされたので、握られるくらいはそろそろ慣れたと思っていたが、やはり憧れの相手がしてくれているというのは、他の女性にはない感動と昂りを覚えずにはいられない。

尚人がそんなことを考えているうちに、愛良は肉棒の角度を変えて口を先端に近づけていた。

目を見開いて見守っていると、彼女が舌を出した。そして、亀頭の先を「レロ」と軽く舐め上げる。

その瞬間、鮮烈な性電気がペニスから脊髄を伝って脳天を貫き、尚人は「はううっ！」と声を漏らしていた。

何度経験しても、この瞬間の快感はどうしても慣れることがない。

ただ、幼馴染み人妻はこちらの反応に構わず、そのまま亀頭を舐め回しだした。

「んっ。レロ、レロ、ピチャ……」

「ううっ。愛良姉ちゃん、くっ、ううっ……！」

分身からもたらされる快電流に、尚人はたちまち酔いしれていた。

既に真梨子と美南で経験したこととはいえ、やはり幼い頃から憧れていた女性にペニスを舐められている、というのは興奮の度合いが桁違いである。

もっとも、第二次性徴を迎えて性行為を知って以来、真梨子とするまでは六歳上の幼馴染みにしてもらうのを想像しつつ、毎日のように孤独な指戯に耽っていたのだ。その妄想が現実になっているのだから、よりいっそう興奮するのも当然ではないだろうか？

「チロ、チロ……んっ。ピチャ、レロ……」

愛良は、亀頭からカリ、そして竿へと舌を移動させていった。

そうして、ひとしきり舐め回して肉棒全体に唾液をまぶすと、「ふはっ」と声を漏らしていったん舌を離す。

快感の注入が止まり、尚人の中に無念さが込み上げてきた。とはいえ、彼女の目がペニスに釘付けになっていることから、次の行動の予想はつくのでひとまず黙って見守る。

ただ、幼馴染み人妻は陰茎を前に少し緊張した表情を浮かべていた。

(僕のチ×ポの大きさに、戸惑っているのかな？)

先ほどの反応から、尚人がそんなことを考えていると、彼女は意を決したように口を大きく開いた。そして、一物をゆっくりと含んでいく。

(おおっ！　愛良姉ちゃんが、僕のチ×ポを咥えて……)

という感動が、尚人の胸に湧き上がってくる。

まったく、妄想しつつも愛良の結婚で実際は諦めていたことが、こうして実現する日がくるとは、つい先ほどまで思いもよらなかった。

尚人が、そのような感慨に耽っているうちに、幼馴染みはさらに陰茎を咥え込んでいった。が、半分を少し過ぎたところで、「んんっ」と声を漏らして動きを止めてしまう。

やや苦しげな表情から見て、ここが限界らしい。その位置は、美南より若干深いものの、結婚数年の人妻としてはどうか、と思わずにはいられない。

そんなことをこちらが考えている間に、愛良はどうにか呼吸を整えた。そして、ゆっくりと顔を動かし始める。

「んっ……んむ……んじゅ……んんっ……」

緩慢な動作だったが、ストローク運動によって肉棒から心地よさがもたらされる。

「くうっ。愛良姉ちゃん、気持ちいいよ！」

尚人がそう言うと、彼女は「んむっ」と声を漏らし、さらに行為を続けた。

（ああっ。本当に、夢みたいだよ。けど……）

快感に浸りつつも、尚人は違和感を抱かずにはいられなかった。

幼馴染みの動きは、ほぼ未経験だった美南よりマシという程度で、かなりぎこちない。それに、顔を動かして唇でペニスをしごいているが、それだけで精一杯になっていて、男をより気持ちよくしようというところまで気が回っていないのは明らかだ。

もちろん、真梨子を基準にしてはいけないとは思うのだが、それを差し引いても愛良のフェラチオは結婚して四年近く経つ人妻にしては稚拙、と言わざるを得ない。

行為に積極的な割に、これはいったいどういうことなのだろうか？

「んんっ、んぐ……ふはあっ」

何度かストローク運動をして、息苦しくなったらしく愛良がとうとう一物を口から出して、大きく息をついた。

「愛良姉ちゃん？　もしかして、フェラがあんまり得意じゃなかったとか？」

「うん……実は、健児さんがフェラを滅多に望まないから、数えるほどしかしたことがなくて……バナナとかアイスキャンディーで練習はしていたんだけど、尚くんのオチ×ポは大きいから……下手くそで、ゴメンね？」

尚人の問いかけに対し、幼馴染み人妻がばつの悪そうな表情を浮かべて応じる。

なるほど、どうやら彼女の夫は女性に奉仕させることに、抵抗感か嫌悪感を抱いているらしい。おかげで、結婚年数の割にフェラチオの経験回数が、圧倒的に足りていなかったようである。

そのような行為を自らするのを望んだあたり、愛良の性的好奇心の強さが窺える。

「そんなの、気にしてないよ。愛良姉ちゃんにしてもらっているってだけで、僕は嬉しくてたまらないんだ」

「そう？　わたしも、嬉しいわ。本当は、こうしてオチ×ポを舐めたり咥えたりって奉仕を心ゆくまでしたいって、ずっと思っていたから」

こちらの言葉に、幼馴染みが目を潤ませながら応じる。

どうやら、愛良も自身の欲望を叶えられていることを、心底悦んでいるらしい。

「じゃあ、愛良姉ちゃんの好きにしていいよ」

「本当に？　ありがとう、尚くん」

そう言って、彼女が再びペニスを舐めだした。

「レロロ……ピチャ、ピチャ、チロロ……」

愛良は、まず裏筋を、それから竿に熱心に舌を這わせてきた。そうして、徐々に上に向かって移動させ、カリをネットリとした舌使いで舐め回す。

「ううっ、そこっ！　くうっ、あぁっ……！」

もたらされた性電気の強さに、尚人の口から自然に喘ぎ声がこぼれ出てしまう。

すると、彼女は嬉しそうな笑みを浮かべて舌を離した。それから、また「あーん」

と口を大きく開け、ペニスを咥え込む。

今度は先ほどよりも深く、四分の三を超えたくらいまで口に入ったところで、愛良が動きを止めた。さすがに、根元まではいかなかったが、ここまで口内に含めれば充分だろう。

「んっ……んむ、んじゅ、んぶる……」

すぐに、幼馴染み人妻が声を漏らしながらストローク運動を始めた。

その動きは、ほんの少し前よりもスムーズで、また大胆になったように思えてならない。これは、行為に慣れてきたのか、あるいは尚人が受け入れていると分かって、すっかり開き直ったのか？

もちろん、まだまだ真梨子の巧みさには及んでいないものの、思い人の唇でしごかれているという事実と、口内の感触、それに時折触れる舌の触感といったものが、分身からの興奮を煽ってやまない。

何よりも、人妻となった幼馴染みが自分のペニスを咥えてくれている、という現実が最高の昂りを生み出している気がしてならなかった。

できれば、この心地よさにずっと浸っていたいところだが、腰に発生した熱が一気に先端に向かいだし、限界が近いことを伝えてくる。

「くうっ！　愛良姉ちゃん！　僕、そろそろ……」

尚人がそう訴えると、彼女が一物を口から出した。そして、竿を手でしごきつつ、先端部に舌を這わせてくる。

「ンロロ、ピチャ、ピチャ……」

「ああっ、それっ！　ほ、本当に、もうっ……はううっ！」

たちまち限界を迎えた尚人は、幼馴染みの顔面をめがけてスペルマを勢いよく発射していた。

「はああんっ！　出たぁぁぁ！」

と悦びの声を男子更衣室に響かせつつ、愛良が白濁のシャワーを浴びる。

牡の欲望が、彼女の顔を、それにたくし上げたテニスウエア、さらには大きな乳房を汚していく。

そんな光景が実に淫靡に思えて、尚人の興奮はまるで治まる気配を見せなかった。

6

射精が終わると、二人は更衣室の奥にあるシャワールームに向かった。そして、三室あるブースの真ん中に入り、左右のブースのシャワーを出しっぱなしにする。ドアも閉め切ったので、これで声や音をかなり誤魔化せるだろう。

そうして、シャワーで精液を洗い流した愛良の裸体に、尚人は思わず見とれていた。

年上の幼馴染みの裸を最後に見たのは、尚人が小学校に通いだす頃のはずなので、彼女もまだ中学校に上がる程度だった。

当然、今の愛良はすっかり大人の体つきになっており、おぼろげに残っている記憶とは印象が随分と異なる。バストの大きさはもちろんだが、メリハリのある肉体と、うっすらと恥毛が生えている股間も、成熟した女性の色気を醸《かも》し出していた。それに、屋外でテニスをしているとは思えない白い肌とも相まって、その姿はある種の芸術品のようにも見える。

無論、尚人もテニスウエアや私服の上から、幼馴染みの裸体をさんざん想像はしていた。だが、実際に目にした一糸まとわぬ彼女の裸の美しさは、想像以上と言っていいだろう。

もっとも、それは愛良にとっての尚人も同じだったらしい。

「尚くん、身体がすっかり逞《たくま》しくなって……さすがは、元全国選手ね？　オチ×ポもすごく大きいし、真梨子さんと美南さんが夢中になるのも、分かる気がするわぁ」

うっとりとした表情で、彼女がそんなことを言う。

尚人は気恥ずかしさを感じつつも、幼馴染みを抱きしめた。

こうして肌同士が密着して、全身で温もりや肉体の感触を味わっていると、なんとも幸せな気持ちが込み上げてくる。

とはいえ、同時に挿入への欲求も激しく湧き上がる。

「愛良姉ちゃん、挿《い》れたい」

「うん、わたしもぉ。尚くんのオチ×ポ、欲しくてたまらないのぉ」

こちらの求めに、彼女もとろけそうな表情を見せながら応じる。

実際、シャワーで濡れて分かりにくくなっているが、愛良の秘部は新たな蜜で充分すぎるくらい濡れそぼっていた。既に、肉体が男を迎え入れる準備を整えているのは間違いない。

それにしても、自分がしたいと思うこと、して欲しいと思う行為を女性のほうも望んでいるという事実に、相性のよさを感じずにはいられない。

そんな悦びを覚えつつ、尚人は幼馴染みの身体をブースの床に横たえた。

すると、足の先がカーテンレールの外にはみ出してしまう。だが、尚人が間に入って脚をM字にすると、ギリギリでブース内に収まる。

そうして、ペニスの先端を秘裂にあてがうと、愛良が「んあっ」と声を漏らし、やや身体を強張らせる。

さすがに、夫以外の、しかも年下の幼馴染みの一物を迎え入れることに、緊張しているのだろうか？　しかし、嫌なら抵抗するだろうから、受け入れる気はあるのに違いあるまい。

そう考えた尚人は、腰に力を入れて分身を彼女の割れ目に押し込んだ。

「んあああっ！　尚くんっ、入ってきたぁぁぁ！」

挿入と同時に、愛良がそんな甲高い声を張りあげる。

両側のシャワーの音がなかったら、廊下まで声が響いていたのではないだろうか？

（くうっ。これが、愛良姉ちゃんのオマ×コ……）

肉棒を押し進めながら、尚人は分身からの心地よさに感動を覚えていた。

ぬめって生温かな膣に分身が包まれていく感触は、真梨子や美南でも経験しているものの、思い人の膣肉ということもあって、よりいっそうの快感が生じている気がしてならない。

先に一発出していなかったら、おそらくこの快楽だけで射精していただろう。

そんなことを思いつつ、尚人はとうとう男根を根元まで彼女の中に収め、いったん動きを止めた。

「んはああっ！　すごいわぁ……オチ×ポ、奥まで届いてぇ……こんなの、わたし初めてよぉ」

こちらの動きが止まると、愛良が陶酔した表情でそのようなことを口走る。

一方の尚人も、胸に熱いものが込み上げてくるのを抑えられずにいた。

（僕、愛良姉ちゃんと一つに……夢なら、二度と覚めないで欲しいよ！）

という思いが、尚人の心を満たしている。

何しろ、子供の頃から想いを寄せ、「セックス」というものを知ってからは、愛良と結ばれることをずっと考えていたのだ。

しかし、彼女が他人の妻となり、この想いは叶わぬ夢となったはずだった。

そんな長年の、諦めながらも捨てきれずにいた願望が、とうとう実現したのである。

その嬉しさは、テニスで初めて全国大会への出場を決めたときを遥かに凌駕《りょうが》している、と言っていいだろう。

（愛良姉ちゃんの中、すごく温かくて、うねって、チ×ポを包み込んでくる感じがして……すごくいい！）

ペニスから伝わってくる彼女の膣肉の感触に、尚人はひたすら酔いしれていた。

愛良の内側は、肉壁が真梨子のように蠢きながらも、美南のように吸いつく感じも兼ね備えている。二人の膣肉のいいとこ取りをしたもの、と言えるかもしれない。

この心地よさを、ずっと味わっていられたら、どれほど幸せだろうか？

だが、セックスというものが挿入して終わりではないことを、今の尚人は充分すぎるくらいに理解していた。

「愛良姉ちゃん、動くよ？」

「うん、してぇ。尚くんのオチ×ポで、わたしをもっと気持ちよくしてぇ」

そんな艶めかしい返事を受け、尚人は彼女のウエストをしっかりと摑んで、膝立ちした体勢で小さめの抽送を開始した。

「んあっ！　あんっ、これっ、はうっ、奥っ、ああっ、子宮っ、はううっ、突かれるぅ！　ああっ、ひうっ、ああんっ……！」

たちまち、愛良が甲高い喘ぎ声をブース内に響かせだした。

更衣室と廊下を仕切るドアはもちろん、シャワー室と更衣室を仕切るドアも閉め、さらに両側のシャワーを出しっぱなしにしているので、この嬌声が外まで聞こえる心配はあるまい。しかし、それでも聞かれるリスクがゼロというわけではないのだ。

それにも拘わらず、これだけの声を出すのは、それだけ年上の幼馴染みが快感を得ているということに他ならない。

もっとも、今のシチュエーションに背徳的な興奮を覚えている可能性も、充分にあり得るが。

（くうっ。愛良姉ちゃんのオマ×コ、動くともっと気持ちよくて……これ、マジで最高だよ！）

尚人は、彼女の膣の感触にたちまち夢中になっていた。

ジッとしていてもよかったが、ピストン運動によって生じる性電気の心地よさは、想像を遥かに超えていた。

真梨子と美南としていたおかげで、かろうじて耐えられているものの、二人との経験がなかったら、この快楽を堪えきれずにあえなく二度目の射精を迎えていただろう。

思い人という贔屓目《ひいき》を抜きにしても、それほどまでに彼女の中は絶品だった。

爆乳人妻のレッスンを受けていなかったら、荒ぶる欲望を我慢しきれず、幼馴染みの様子に構わず激しい抽送をしていただろう。

だが、今の尚人は膣の心地よさに夢中になりつつも、どうにか自制して小さめのピストン運動をしながら、彼女の反応を観察できていた。

「んあっ、あんっ！　はうっ、ああっ……！」

（これなら、もうちょっと強くしても大丈夫そうだな）

愛良の様子から、そう判断した尚人は、さらに腰使いを強めた。

「んはあっ！　ああっ、尚くぅん！　はううっ、中をっ、ひゃううっ、強くぅ！　あひうっ、ノックされぇ！　ああんっ、こんなのっ、はううっ、わたしっ、はううんっ、知らないぃぃぃ！　はひいっ、あああっ……！」

たちまち、幼馴染みの喘ぎ声のトーンが一オクターブ高くなる。この反応から見ても、相当な快感を味わっているのは間違いあるまい。

「ああっ、尚くんっ！　はううっ、オッパイッ！　あうっ、オッパイッ、はああっ、揉んでぇ！　ああっ、ひゃううっ……！」

喘ぎながら、愛良がそんなリクエストを口にする。

そこで尚人は、腰から手を離し、仰向けになってやや存在感を失いつつも、抽送のたびに揺れているふくよかな二つのバストを鷲摑みにした。そうして、腰を動かし続けたまま乳房をグニグニと揉みしだきだす。

「ひゃううん！　これぇぇ！　ああっ、されたことっ、はふうっ、なくてぇ！　ああっ、いいのぉ！　はううっ、オッパイッ、あああんっ、オマ×コッ、あううっ、すごいのぉ！　ああああっ、ひふううっ……！」

と、愛良が悦びの声をシャワー室に響かせる。

「えっ？　こういうの、したことなかったの？」

尚人は驚いて、思わず動きを止めて訊いていた。

「んああ……うん。健児さん、わたしからリクエストするのを嫌がるからぁ。それに、正常位でオッパイを揉むって発想もないみたいだしぃ」

と、愛良がとろけそうな表情の中に、少し寂しげな様子を見せながら言う。

どうやら、健児は真面目で女性にお淑やかさを求めるが故に、妻の要望を訊いてプレイをする気がないらしい。おそらく、セックスも淡白でワンパターンなのではないだろうか？

尚人がそんなことを思っていると、彼女が言葉を続けた。

「だから今、自分がしたかったことができて、とっても嬉しいの。尚くん、もっとしてぇ」

それに対して、尚人は「うん」と応じた。そして、抽送と胸への愛撫を再開する。

「はああっ、いいっ！　あんっ、あんっ、好きぃ！　はううっ、こんなっ、ああっ、いいセックスッ、はああっ、初めてよぉ！　ああっ、あんっ……！」

たちまち愛良が、半狂乱と言ってもいい喘ぎ声をあげだした。

もはや、快感を味わいたいという己の欲望に呑み込まれて、理性を失っているかのようだ。

(すごく乱れて……愛良姉ちゃんに、こんな一面があるなんて知らなかったな)

今さらながらに、そんな思いが心に湧き上がってくる。

とはいえ、実は性的好奇心が旺盛で性欲が強いと分かっても、尚人は彼女に幻滅していなかった。むしろ、セックス嫌いよりは好きなほうが嬉しいし、女性としての魅力もある気がしてならない。

何より、長らく憧れていた初恋の相手なのだから、これくらいで熱が冷めることはなかった。それどころか、思い人とのセックスという現実が、何物にも代えがたい大きな悦びと興奮をもたらしてくれている。

「愛良姉ちゃん、好きだ！　愛良姉ちゃん、ずっと好きだった！　愛良姉ちゃん、愛良姉ちゃん！」

溢れる衝動を抑えきれず、本能的に腰の動きを荒々しくしながら、尚人はほとんど無意識に思いの丈《たけ》を口にしていた。

「あううっ、尚くんっ、あぁんっ、好きぃ！　あんっ、わたしもっ、はううっ、好きよっ！　あんっ、ひゃううっ……！」

と、愛良も喘ぎながら応じてくれる。

もちろん、彼女の「好き」が、果たして「弟のような存在」への好意なのか、異性への想いに変わったのかは分からない。だが、「好き」と言ってもらえたことが、今は嬉しく思えてならない。

それになんと言っても、顔を見ながらの行為によって、気持ちが通じ合っているような気分にもなる。

また、幼馴染みの快感に染まりきって乱れる表情はなんとも魅力的で、とにかく興奮を煽ってやまなかった。

（こういう愛良姉ちゃんの姿を嫌う人に、パートナーの資格なんてあるのか？）

という怒りにも似た気持ちも湧いてきて、尚人はよりいっそう乳房を揉みしだく手に力を込め、夢中になって腰を振っていた。

「あうっ、あんっ、はううっ！　ああっ、ひゃうんっ、あううっ……！」

愛良も、言葉を発する余裕もなくなったらしく、ただひたすら喘ぐだけになる。

叶うならば、そんな彼女の姿を永遠に見ていたい、という思いも生じている。

だが、このような行為をしていれば、互いにどこかでリミットに達するのは自然の摂理だ。

（くうっ。さすがに、そろそろ……）

少しして、尚人は腰に熱いモノが込み上げてくるのを感じて、自らの限界を察した。

また、愛良の中も収縮運動を強めており、彼女の声のトーンからもエクスタシーが近いと想像がつく。

「愛良姉ちゃん、中に出すよ？」

バストから手を離し、尚人は腰を動かしつつそう問いかけていた。

真梨子と美南のときは、中出しのリスクへの不安が頭をよぎった。しかし、幼馴染み人妻に対してはそんな迷いは微塵も湧かず、彼女の子宮を自分の精液で染めあげたい、という欲求が先に立っている。「出してもいい？」ではなく「出すよ？」と言ったのも、その気持ち故である。

何しろ、性を意識するようになる前からずっと好きだった女性が相手なのだから、このような欲望を抱くのは当然ではないだろうか？

とはいえ、それでも問いかけをしたのは、強く拒まれた場合は無理に出すような真似をして嫌われたくない、という弱気な思いもあったせいである。

「ああっ、いいよっ！　はうっ、わたしの中っ、はああっ、尚くんでっ、あうんっ、満たしてぇ！　ああっ、はああんっ……！」

愛良が、甲高い声で喘ぎながらそう応じる。

了解が得られた以上、もう遠慮する要素は何もなくなった。

そのため尚人は、彼女の腰をしっかり掴むと、射精に向けて荒々しいピストン運動を行ないだした。

「あんっ、あんっ、それぇ！　はううっ、イクッ！　ああっ、わたしっ、はううっ、もうっ……イクうううううぅぅぅぅぅぅぅぅぅ!!」

すぐに愛良が、おとがいを反らして絶頂の声をシャワー室に響かせる。

同時に膣肉が妖しく蠢き、ペニスに甘美な刺激をもたらす。

そこで限界を迎えた尚人は、「くうっ」と呻くなり幼馴染み人妻の中に出来たてのスペルマを、たっぷりと注ぎ込むのだった。

第四章　むせかえるテニス美女たちの淫宴

1

ＹＺ女子テニス倶楽部の活動がないある平日の午後、尚人は愛良と共に、ＹＺ市からやや離れたＳＤ市のテニスコートに来ていた。

彼女と二人きりのテニスデートというのは、尚人がテニスを始めてからずっと夢見ていたことである。それを知った愛良が、高速道路も使って三十分ほどの距離にあるコートを予約し、こうして連れてきてくれたのだ。

さすがに、自宅から近いと近所の噂になりかねないが、これだけ遠ければ顔見知りと遭遇する可能性はほぼゼロなので、安心してテニスデートを堪能できる。

また、二面しかない小さなテニスコートは平日のこの時間、尚人たち二人しか使用者がおらず、貸切状態だったのも幸いだったと言えるだろう。もっとも、街中から離れている上、ナイター施設がないのに終了予定を夕方で希望する人間など、そう多くはないのかもしれないが。

そのため、尚人は心おきなく愛良とのプレーを楽しんだのだった。

ちなみに、普段のレッスンでは軽いラリーだけだが、今回は一セットだけ試合形式でプレーした。もちろん、結果は尚人の圧勝である。

「はぁ、はぁ……やっぱり、尚くんは強いわねぇ。途中から、わたしが振り回されっぱなしになっちゃったわ」

息を切らしてベンチに座った愛良が、タオルで汗を拭きながらそんなことを言う。

「まぁ、試合のブランクはかなりあったけど、あれくらいはね」

彼女の隣に腰かけた尚人は、スポーツドリンクを飲んでからそう応じた。

左足首の骨折で、全力のプレーができなくなったとはいえ、こちらは小学校四年生から高校二年生まで全国大会の常連だったのである。一方の愛良は、小学校時代の六年間で地区大会三回戦進出が最高成績というレベルだ。ブランクと左足首のハンデがあっても、負ける余地などまったくない。

「でも、本当に残念ね。尚くんなら、怪我がなかったらプロになれたんじゃない？」

「いや、どうだろう？　結局、全国じゃ優勝できなかったし、テニスで食べていくのは厳しかった気がするなぁ。それに、足首の怪我は……」

そう言いかけて、尚人は言葉を濁していた。

実は、左足首を骨折したのは、大会の数日前に愛良の結婚を聞かされ、そのショックから立ち直れないまま、集中力を欠いた状態で試合に挑んだのが原因だった。尚人にとって、それくらい彼女の存在は大きかったのである。

とはいえ、そのことを当の本人に言うわけにはいくまい。もしも、愛良がこの事実を知ったら、性格的に責任を感じてしまうだろう。

「尚くん？」

「あ、ゴメン。それに、足首を怪我していなかったら、地元に戻らずに大学のテニス部に入っていたと思う。そうしたら、ＹＺ女子テニス倶楽部の臨時コーチをすることもなかったから、愛良姉ちゃんと……」

そこまで口にすると、急激に照れくさくなって、尚人は言葉を切っていた。

幼馴染みのほうも、こちらが言おうとしたことを悟ったらしく、頰を赤らめて恥ずかしそうに「もう」と言って沈黙する。

（ああ、やっぱり綺麗だなぁ。一度だけって言われたけど、愛良姉ちゃんともっとエ

ッチがしたいよ）

という思いが、自然に込み上げてきてしまう。

過日のセックスのあと、彼女からは「これっきりだからね」と釘を刺され、首を縦に振った。だが、こうして思い人とテニスデートをして間近で姿を見ていると、そんな誓いを破ってしまいたい、という欲求が湧いてきてしまう。

すると、愛良が少しためらってから口を開いた。

「尚くん？　その……また、エッチしようか？」

「えっ？　本当に？　でも、一回だけって……」

「わたしも、そのつもりだったのよ。だけど、尚くんとのエッチ、とってもよかったから……エッチで、あんなに自分を解放できたのは初めてだったし、それに尚くんのがすごくよくて……本当は、我慢しようと思っていたんだけど、やっぱり無理。あの逞しいオチ×ポ、また欲しくてたまらないのよぉ」

と、幼馴染みが目を潤ませながら言う。

前のセックスのあとに聞いた話だが、健児は真面目で仕事熱心だが亭主関白な意識が強く、女性は一歩下がって男を支えるべき、というささか古い価値観の持ち主だそうである。

それでも、金銭感覚などの生活的な価値観は合っていたので結婚まで至ったものの、夜の営みに対する積極性や趣味嗜好は、致命的に食い違っていたのだ。

おそらく、そんな積もり積もったフラストレーションが前回の尚人とのセックスで解消され、その解放感を彼女も忘れられなくなってしまったのだろう。そもそも、テニスデートを持ちかけてきた時点で推して知るべし、と言うべきかもしれない。

そう悟ると、こちらも我慢などできるはずがない。

「愛良姉ちゃん！」

と、尚人は年上の幼馴染みを抱きしめた。

さらに唇を重ねると、愛良は「んんっ」と声を漏らしつつも、行為を受け入れてくれる。

そうして、彼女の汗の匂いと温もりを感じているだけで、尚人は自分の中には激しい欲望が湧き上がってくるのを抑えられなくなっていた。

2

「んんっ、んむ、んじゅ……」

「くうっ。愛良姉ちゃんっ」

テニスコートを囲うように生い茂った林の中に、二人のそんな声が響く。

さすがに、テニスコート上で行為を始めるわけにはいかなかったため、尚人と愛良はコートを出て裏の林に入った。

すると、すっかり欲望に火がついていた幼馴染みが、「フェラをしたい」と言いだした。そこで、尚人が下半身を露わにして木に寄りかかると、すぐに彼女は跪いてペニスにしゃぶりついたのである。

愛良が、この奉仕を心底悦んでいるのは、陶酔した表情や積極的に行為をしていることからも明らかだと言っていい。

(ううっ。すごく気持ちよくて……)

フェラチオでもたらされる快感が、更衣室でしたときより大きい気がするのは、やはり屋外でしているという背徳感の影響だろうか？

いや、それだけでなく彼女のポニーテールを揺らしながらのストローク運動に、ぎこちなさがすっかりなくなっているのも、かなり大きな要因という気がしてならない。

「愛良姉ちゃん、すごく上手になっているね？」

尚人がそう訊くと、彼女が一物を口から出した。

「ふはっ。はぁ、はぁ、本当？　よかったぁ。あれから、バナナとかアイスキャンディーを使って、改めて練習したの。その成果かしらね？」

と、愛良が笑みを浮かべながら言う。

どうやら、前回のぎこちなさを反省して、しっかり自習していたらしい。

そのことから考えても、彼女が実は尚人との関係を一度きりで終わらせる気がなかったのは、間違いあるまい。

「レロロ……んっ、ピチャ、ピチャ……」

年上の幼馴染みは、すぐにまた肉茎をネットリと舐め回し始めた。

確かに、舌使いもスムーズになっており、這うたびに前回以上の性電気が生じる。

性的な好奇心が人一倍強い、とは本人の弁だったが、練習してフェラチオの実力を上げるほどとは、尚人も予想していなかったことだ。今さらのように、愛良の意外な一面を知った気がしてならない。

(だけど、僕はエッチな愛良姉ちゃん……って言うか、本当はエッチ好きだって分かって、ますます愛良姉ちゃんが好きになったよ)

もたらされる快感に浸りながら、尚人はそんなことを思っていた。

自分自身も、競技テニスを引退してから性欲が人並み以上にある、という自覚を持っていたのである。

その意味で、性的好奇心が強い幼馴染みとの相性は非常にいい、と言えるだろう。それに、女性にお淑やかさを求める健児と違い、尚人はありのままの愛良を受け入れる覚悟を持っていた。彼女が望むなら、よほど変態的なもの以外は、どんなプレイでも叶えてあげたい。

そんなことを思っていると、いよいよ射精感が込み上げてきた。

「くうっ。愛良姉ちゃん、そろそろ……」

尚人がそう口にすると、年上の幼馴染みが「ふはっ」と声をあげて舌を離した。

もっとフェラチオを堪能したかったが、この快感を与えられ続けては、いつまでも我慢できるものではない。それに、美南としたときもそうだったが、屋外というスリルと背徳感が大きな昂りを生み出し、射精を早めているのは間違いあるまい。

「あっ、本当。もう先走りが……尚くん、わたしのお口に出してぇ。あーん。んっ、んぐっ、んむっ……」

と、割れ目からカウパー氏腺液が出ているのを確認した愛良が、また肉茎を咥え込み、小刻みなストロークをしだした。

（あ、愛良姉ちゃんに口内射精……）

口に出すこと自体は、真梨子でも経験済みである。しかし、憧れの相手というのは、他の相手に出すのとは違う背徳感を抱かずにはいられない。

ただ、彼女が前回のようにテニスウエアに白濁液がかかる事態を避けたいと考えて、口の中に出させるのを選んだことも容易に想像がつく。

何しろ、ここはYZ女子テニス倶楽部と違って、更衣室が事務棟と同じ建物内にあるのだ。精液がこびりついたウエアのまま戻り、もしも誰かと遭遇したら騒ぎになりかねない。

そのため、尚人は幼馴染みのストローク運動でもたらされる快感に、素直に身を委ねた。

「んっ、んっ、んぐっ、んぐっ……」

「ううっ！　もう……出る！」

とうとう我慢できなくなり、尚人はそう口走ると彼女の口内にスペルマを勢いよく放っていた。

「んんんんんっ！」

同時に動きを止めた愛良は、目を大きく見開き、くぐもった声をあげつつ白濁液を口の中で受け止める。

（はあぁ……愛良姉ちゃんの口に、本当に精液を出して……）

いったい何度、この光景を妄想してきたことか。

それを実現できたのが、肉体関係まで結んだあとだというのに、未だに夢を見ているように思えてならなかった。

そうして、長い射精が終わると愛良はゆっくりと肉棒を口から出した。

一物が解放され、改めて外気に晒されると、少し寂しさが込み上げてきてしまう。

「んんっ……ゲホッ、ゲホッ」

彼女は横を向くなり、咳き込んで白濁液を地面に吐き出した。

どうやら、スペルマが気道に入ったらしく、愛良はそれからしばらく苦しそうに咳をしていた。

そうして、どうにか落ち着いたところでようやく顔を上げて、こちらを見る。

「愛良姉ちゃん、大丈夫？」

「はぁ、はぁ……うん。ほとんど、全部吐き出しちゃったぁ。尚くんのザーメン、すごく濃くて量も多いから、ビックリしちゃってぇ」

名残惜しそうにそんなことを言いつつ、愛良が自分の唇を舐める。

「レロ……んっ、ザーメンの味が残っていてぇ……口の中、尚くんの味と匂いでいっぱいにされて、とっても嬉しい」

陶酔した表情でそう口にした幼馴染みが、なんとも煽情的に見えて、尚人の中に早く一つになりたいという欲望が込み上げてくる。

「愛良姉ちゃん？　その、すぐ挿《い》れたいんだけど、大丈夫そう？」

前戯をしていないため、尚人がそう問いかけると、彼女はためらう素振りも見せずに首を縦に振った。

「うん。フェラをしていたら、すごく興奮しちゃってぇ。さっきから、外でしていることにドキドキして、オマ×コが疼いてたまらないのぉ」

その言葉から察するに、年上の幼馴染みもすっかり準備ができているらしい。

「えっと、それじゃあ……」

「尚くん？　ウエアに不自然な汚れをつけたくないから、バックでお願い」

こちらが口を開くよりも先に、愛良がそんなリクエストをして四つん這いになった。

確かに、ここで正常位などしたら、背中に土などの汚れがついてしまうだろう。身体の正面なら、「転んだ」などの言い訳もできるかもしれないが、背中は少々難しい。

「分かったよ。じゃあ……」

と応じて、尚人は彼女の背後に移動して膝立ちした。そして、スコートをたくし上げてアンダースコートをショーツごと一気に引き下げる。

そうして露わになった愛良の秘部は、確かに既にかなり濡れそぼっており、なんとも淫らな雰囲気を醸し出している。

その光景を見ると、挿入よりも優先してみたいことができて、尚人はどうにも我慢できなくなって顔を秘裂に近づけた。それから、割れ目に口をつけて蜜を舐め取るように舌を動かしだす。

「レロロ……ピチャ、ピチャ……」

「ひゃううんっ！　なっ、尚くんっ？　ああっ、そこっ、はううんっ、ああっ、ひゃふうっ……！」

想定外の行動に対し、たちまち愛良が困惑気味の喘ぎ声を林に響かせた。

(愛良姉ちゃんのオマ×コの匂い、それに愛液の味……テニスのあとだからか、けっこう匂いが強いし、少しオシッコの味もする気が……)

これは、シャワーを浴びていないからこその味と匂いと言えるだろう。ただ、その生々しさが、むしろ牡の興奮を煽ってやまない。

そうしていると、すぐに秘裂の奥から粘り気のある液が、トクトクと溢れ出てきた。

(すごくエロくて……さすがに、そろそろこっちも我慢できない！)

欲望を抑えられなくなってきた尚人は、ようやく口を離して上体を起こした。それから、いきり立った分身を濡れそぼった割れ目にあてがう。

「んあああ……やっとぉ。早く、早くぅ」

こちらを濡れた目で見つめながら、愛良が切なそうに訴えてくる。

その彼女の態度に興奮を覚え、尚人は何も言わずに陰茎を挿入した。

「んああっ！　尚くんっ、入ってきたぁぁ！　んんんっ！」

甲高い悦びの声をあげた愛良だったが、すぐに唇を嚙んで声を殺す。

思いの外、声が林に響いたのもあろうが、いくらここにひと気がないと言ってもあまり大きな声を出すわけにはいかない、と考える理性は、まだ残っていたらしい。

そうして、下腹部がヒップに当たってそれ以上は先に進めなくなったため、尚人はいったん動きを止めた。

「はああ……来たのぉ、尚くんの大きいオチ×ポぉ……わたしの中、ミッチリ満たされてぇ……これよ、これ、これが欲しかったのぉ」

陶酔した声で、年上の幼馴染みがそんなことを口にする。

その様子に、ますます興奮を煽られた尚人は、彼女の腰を摑むとやや荒々しい抽送を開始した。

「あっ、ああんっ！　んんっ、んっ、んあうっ、んんっ、んむっ……！」

たちまち、愛良がかろうじて声を抑えながら喘ぎだした。

いきなり強すぎたかとも思ったが、様子を見る限り充分な快感を得ているらしい。

先ほどの言葉から考えて、彼女も外での行為に興奮しており、少し乱暴なピストン運動も快楽に変換されているのだろう。

（くうっ！　愛良姉ちゃんと、外でセックスできるなんて！）

尚人のほうも、夢にすら思ったことのないシチュエーションに、激しい昂りを覚えていた。

そのため、どうにも我慢できず、腰から手を離すと愛良のテニスウエアをめくり、スポーツブラの奥に手を入れてバストを鷲摑みにする。

途端に、年上の幼馴染みが「ふやんっ！」と甲高い声をあげておとがいを反らした。

それに構わず、尚人は乳房の感触を手で堪能しながら、抽送を続けた。

「ひあんっ、尚くんっ！　ああっ、これっ、はううっ、駄目ぇ！　ああっ、もうっ、はううっ、感じすぎっ……ひぐうっ！　声がっ、はああっ、出ちゃううぅ！　あっ、ああんっ、はああっ……！」

愛良が、とうとう嬌声を林に響かせ始めた。やはり、ピストン運動中に乳房を揉まれると、もたらされる性電気を堪えきれないらしい。

「愛良姉ちゃん、とっても綺麗だ！　僕、もっと愛良姉ちゃんのいやらしい姿を見たい！　エッチな声を、いっぱい聞きたい！」

ほとんど本能的にそう口走って、尚人は膣と乳房の感触を夢中になって堪能した。

「はあっ、あんっ、そんなことっ、あううっ、言われたらぁ！　ああっ、わたしもっ、はううっ、もうっ、ああんっ、我慢できなくなるぅぅ！　ああっ、あんっ、はうっ、ああんっ……！」

と、年上の幼馴染みも遠慮なく喘ぎだす。

もしも今、テニスコートに誰か来たら、この声を聞かれてしまうに違いあるまい。

だが、尚人の中にはたとえ他人に見つかったとしても後悔はない、という開き直った気持ちもあった。愛良にしても、同じ思いでなければ声を殺しているだろう。

そんなことを考えながら抽送していると、すぐに射精感が込み上げてきた。

ついさっき出したばかりなのに、我ながら早いという気はしたが、やはり外でしている背徳感が興奮に繋がっているようである。

「愛良姉ちゃん！　僕、もう……」

「ああんっ、わたしもぉ！　はううっ、尚くんっ、ああっ、中にっ、ひゃうんっ、また中につ、はううっ、出してぇぇ！　あっ、あっ、あ……！」

こちらの訴えに被せるように、愛良が切羽詰まった声で訴えてきた。

「分かったよ。それじゃあ……」

と、尚人はラストスパートとばかりに腰の動きを速め、乳房を荒々しく揉みしだきだす。

「あんっ、あんっ、イクッ！　はううっ、イクのぉ！　んんんんんんんんっ‼」

たちまち、愛良がのけ反りながらくぐもった絶頂の声をあげた。エクスタシーに達した瞬間の声を噛み殺したのは、最後の理性だったのだろう。

同時に、膣肉が妖しく絡みついてきて、ペニスにとどめの刺激をもたらす。

そこで限界を迎えた尚人は、「くうっ」と呻くなり、彼女の中に出来たてのスペルマを注ぎ込んでいた。

3

（はぁ……本当に、僕はどうしたらいいんだろう？）

金曜日、尚人はYZ女子テニス倶楽部で三人の人妻にコーチをしながら、今日もそんな悩みに頭を痛めていた。

何しろ、教え子たち全員と複数回の関係を持ってしまったのである。

もちろん、愛良と深い仲になることは、臨時コーチを引き受けたときに夢想しなかった、と言ったら嘘になる。その願望を叶えられたのだし、もしも彼女とだけ身体を重ねたなら、あれこれ悩むこともなかっただろう。

だが、現実には真梨子と美南とも、複数回のセックスをしているのだ。

しかも、二人とも幼馴染みとは異なる魅力を持つ美女で、先に肌を合わせている。

あっさり捨てるには、既に情が移りすぎていた。

しかし、それでは自分が三人の女性の面倒をまとめて見られるか、と言われたらまず不可能だろう。

美南は裕福な家庭の出身だが、娘に政略結婚を強制するような親が、社会的になんの取り柄もない尚人を認めるとは思えないので、支援は期待できまい。それは、愛良と真梨子にしても同じことが言えよう。

ましてや、彼女たちは現時点でいずれも人妻なので、何をどうするにせよ最初に夫との関係の清算、という大きなハードルがあるのだ。

それに、まだ大学二年生の尚人が、年上の女性たちに対して幸せにすることを無責任に約束などできるはずがあるまい。

何より、八月も下旬になり、臨時コーチの仕事は残り数回しかないのである。

一駅とはいえ、尚人の家は彼女たちの家に頻繁に行くにはやや距離がある。果たして、コーチの期限が切れたあとに三人と今のような仲を保てるのか、という不安は拭えなかった。

そもそも、大学の新学期が始まる以上、九月半ば以降に平日のコーチをするのは不可能なのだ。いったい、どうやって今後の接点を保てばいいのだろうか？

そのようなことを考えると、レッスン中だというのにどうしても気が重くなってしまう。

「尚人、ちょっといい？」

思案に暮れていたとき、真梨子がそう声をかけてきた。

我に返ると、爆乳人妻だけでなく愛良と美南も並んで立っている。

「な、なんですか、みんな揃って？　何か、分からないことでも？」

「ああ、違うわ。今日、時間があるわよね？　レッスンが終わったら、美南の家に集まろうって話になっていてさ。キミにも、来て欲しいわけ」

その真梨子の言葉に、尚人の心臓が大きく跳ねた。

肉体関係を持った三人が揃い踏みして、美南の家に行くという。しかも、そこに尚人を呼ぶということは、いよいよそれぞれの関係について話をするつもりだろうか？

（愛良姉ちゃんは、僕と二人がエッチしているのを知っているけど、真梨子さんと美南さんは僕と愛良姉ちゃんのことを知らないはずで……うう、もしかしたら修羅場になるんじゃ？）

そんな心配が、尚人の心に湧き上がる。

三人の人妻の友情が、自分と肌を重ねたことが原因で壊れる事態を想像すると、今さらのように罪悪感に近いものを抱かずにはいられない。

しかし、彼女たちの表情を見た限り、普段と特に違う様子もないので、そこまで深刻な状況ではないような気もする。

（みんな、全部分かっていて、あえて平然としているのかな？　それとも、何も気付いていなくて、食事なんかをしようってだけで僕も誘った？）

実際、美南の家のリビングならば、ちょっとしたホームパーティーを開ける広さがある。もしかしたら、純粋に親睦を深めようという意図で、こちらに声をかけてきた可能性もあり得るか？

そこらへんの判断がつかないため、どうにも不安は拭えなかったものの、尚人にはこの誘いに首を横に振る、という選択を取ることができなかった。

そうして、レッスンの時間が終わってシャワーを浴び、私服に着替えると、尚人は爆乳人妻に指示されたとおり、母親に今日の帰りが遅くなるため夕飯不要というメッセージを送り、三人の美女と共に徒歩で美南の家に向かった。

しかし、彼女たちと並んで歩いていると、知らない人に見られたら噂になるのではないかという懸念から、ついついビクビクしてしまう。

ただ、もともとが閑静な住宅街で、さらに夕方ということもあろうが、道すがら誰とも顔を合わせることもなく美南の家に到着して、尚人は内心で胸を撫で下ろしていた。

愛良と真梨子は、何度か訪問しているらしく、勝手知ったる他人の家とばかりに平然と「お邪魔します」と入っていく。

だが、まだ二度目の来訪の尚人は、どうしても緊張を覚えずにはいられない。

それでも、気を取り直して玄関を上がり、改めて彼女の家のリビングに入る。それだけで、ここでセックスをした記憶が鮮明に甦ってきて、ひとりでにズボンの奥のモノが体積を増しそうになった。

（いやいや、今は愛良姉ちゃんと真梨子さんもいるんだから……とにかく、冷静にな

らなきゃ）

どうにか、そう考えて気持ちを抑え込み、美南に促されてソファに座ると、三人の人妻が尚人の対面に並んで腰かけた。

こうして、全員から視線を向けられると、自然に身体に力が入ってしまう。

すると、最も年上の真梨子が最初に口を開いた。

「さて……まず、尚人が緊張しているみたいだから、先に言ってしまうけど……あたしたち、キミとエッチしたことを、もうそれぞれに打ち明け合っているから」

「えっ？　そ、そうだったんですか？」

いささか予想外の言葉に、尚人は驚きの声をあげていた。

（まさか、話がそこまで進んでいたなんて……）

もっとも、三人の仲のよさを見ていれば、尚人との関係を他の友人たちにいつまでも黙っていられるはずもない、という気もしたのだが。それでも、既にかなり突っ込んだ話し合いが行なわれていたというのは、想定していなかった事態と言える。

しかも、そういった対話をした上で自分を呼んだのである。この上、いったいどんな話があるというのだろうか？

（もしかして、関係を終わらせたいって話じゃ……？）

そんな不安が、尚人の脳裏によぎった。

何しろ、彼女たちは全員が人妻である。各々が、夫とのセックスレスという悩みを抱えていたとはいえ、尚人との関係に溺れていては身の破滅に繋がりかねない。

そうであれば、三人が相談した上で同時に訣別を宣言する、というのはあり得ない話ではないだろう。

ただ、生の女体を知った尚人にとって、彼女たちとの別れは今最も恐れている点だった。そうなってても仕方がない、とは頭では理解していても、感情が受け入れを拒んでいるのである。

そんなことを考えて、息を呑みながら次の言葉を待つ。

「尚くん、そんなに緊張しなくてもいいわ。多分、尚くんのことだから、わたしたちが関係を終わらせようとする、って考えているんでしょうけど、それはないから」

さすがは、尚人が生まれたときからの幼馴染みと言うべきか、愛良がこちらの考えを見事に見抜き、笑みを浮かべながら否定の言葉を口にする。

「えっ？　だけど、それじゃあいったい、今日はどうして……？」

尚人は、そう疑問を発していた。

実際、三つ股への非難でも別れ話でもないとしたら、何故この場に呼ばれたのかが、まったく理解できない。

(それに愛良姉ちゃん、人前なのに「尚くん」って呼んで……)

彼女は今まで、友人たちの前でも「尚人くん」と言っていた。それなのに、ここで身内用の呼び方をしているということは、二人を今まで以上に親しい存在と位置づけたのだろうか?

こちらが呆然としていると、真梨子が妖しげな笑みを浮かべて口を開いた。

「まぁ、手っ取り早く言うと、尚人をみんなでシェアすることにした、って伝えたかったの」

「ほえ? 僕をシェア?」

爆乳人妻からの想定もしていなかった言葉に、尚人は間の抜けた疑問の声をあげていた。

「ええ。わたしたち、まだ夫と別れていないから、誰かが尚くんを独り占めするってわけにいかないでしょう? でも、みんな尚くんのオチ×ポを気に入っちゃったから、身を引くって選択はなかったの。だったら、三人でシェアすれば問題解決ってわけ。どうかしら?」

と、幼馴染み人妻がどや顔で答える。

「それに、尚人さんもわたしたちの誰を選ぶべきか迷っているはずだから、と愛良さんが……いつか、尚人さんが一人を選ぶとしても、そのときまではみんなで愛し合うのが、きっと最善の方法だろうって……」

今まで黙っていた小柄な人妻も、愛良の補足をするように言う。

（いやいや。理屈は分かる。分かるけど、本当にそれでいいのか？）

さすがに、尚人はそんな疑問を抱かずにはいられなかった。

まさか、三人の人妻がここまで突拍子もない解決策を提示するとは、思いもよらなかったことである。いや、果たしてこれを「解決策」と言っていいのだろうか？

こんな突拍子もない話になるなら、「誰か一人を選べ」と迫られるか、「揃って関係を終わりにする」と宣言されるほうが、まだ納得がいく気がする。

尚人が、そのようなことを考えて呆然としていると、人妻たちが立ち上がってこちらにやって来た。そして、左右から真梨子と美南が身体をピッタリと寄せてくる。

（お、オッパイが……）

二人の大きさが異なる胸の触感が腕に伝わってきて、尚人は焦りに近い思いを抱いていた。

ブラジャーと衣服越しながら、爆乳と普通サイズの乳房の感触が違うのは、しっかりと分かる。

その甲乙つけがたい魅力的な弾力を、左右の腕で感じていると、自然にズボンの奥の一物が体積を増してしまう。

さらに、愛良が尚人の正面に立った。

「尚くん？　シェア宣言の初日だから、今日はみんなで愛し合いましょうねぇ。尚くん、帰りが遅くなっても平気だし、わたしたちの夫は帰ってこなくて、時間はたっぷりあるからぁ」

そう言うと、幼馴染みがまたがって顔を近づけてきた。そして、ためらう様子もなくキスをしてくる。

尚人は、「んんっ!?」とくぐもった声を漏らし、驚きのあまり目を大きく見開いていた。

愛良が、見た目や表向きの性格に反して、性に積極的なのはもう分かっていたが、他の二人と合わせてこれほど大胆な行動に出るとは、さすがに予想外と言うしかない。

おかげで、年上の幼馴染みの顔がこれ以上ないくらい近くにあるというのに、感動よりも困惑が先に立ってしまう。

それにしても、もともとほとんど帰宅しない美南の夫はもちろん、どうやら愛良と真梨子の夫も今日は不在らしい。

おそらく、そうと分かったために、三人は示し合わせてこの集まりを開くことにしたのだろう。

（くうっ、愛良姉ちゃんの匂いと唇の感触……けど、着替えた割に汗の匂いが強い気が……？）

という思いが、キスで朦朧としかけた頭によぎる。

「ふはっ。尚くんって、匂いで興奮するわよね？　だから、あえて汗を流さないで着替えたの」

唇を離した愛良が、そんなことを言う。

どうやら、こちらの性癖はもちろん、考えていた内容までバレバレだったようだ。

さすがは、生まれたときから世話をしてくれていた幼馴染み、と言うべきか。

尚人が半ば感心し、己の思考の読まれやすさに半ば軽いショックを受けていると、彼女は再びキスをしてきた。

「んっ……んちゅ、ちゅば……んじゅる……んる、んむ……」

今度は、すぐに舌を尚人の口内にねじ込み、自ら舌を絡みつけてくる。

（ああ、愛良姉ちゃんとキスをして、匂いに包まれながら、真梨子さんと美南さんのオッパイの感触を腕で……）

この夢にも思わなかったシチュエーションを前に、尚人の思考回路はたちまちショートしてしまうのだった。

4

「んはあ……さて、フェラの真ん中は美南に、クンニは愛良に譲ったから、予定通り本番はあたしが最初よ？　尚人のチン×ン、ちょっとご無沙汰になっちゃって、我慢の限界なのよねぇ」

クイーンサイズのベッドに全裸で仰向けになって放心している尚人に、真梨子が空腹時に獲物を見つけた猛獣のような、欲望に満ちた目を向けながら言う。

今、尚人は美南の家の寝室で、三人の人妻たちとの淫らな行為に耽っていた。

リビングでのトリプルフェラで一発抜いたあと、四人は家主の小柄な人妻に促されて、揃って寝室へと移動した。

そして、尚人は促されるままベッドに仰向けになると、口で愛良の秘裂を舐め、左右の指で真梨子と美南の秘部を愛撫することになったのである。当然、三人同時の愛撫など初めてだったものの、どうにか全員を軽い絶頂に導いて挿入の準備を整えられたのは、彼女たちが尚人のペニスを求めて欲情していたおかげだろう。

その行為が終わった途端、真梨子が先のようなことを口にしたのである。

なるほど、快感や興奮で頭が朦朧としていて気付かなかったが、トリプルフェラのときも同時愛撫のときも、三人は一切揉めず位置についていた。どうやら、あらかじめ諸々のことについて申し合わせていたらしい。

「尚人、起きて」

と爆乳人妻に指示されて、ベッドに横たわっていた尚人は、言われるままに起き上がった。

信じられないことの連続で何も考えられなくなり、まるで催眠術にでもかかったかのように、抗おうという気持ちも羞恥心もまったく湧いてこない。

すると、入れ替わるように真梨子がベッドに仰向けになった。

「久しぶりだし、正常位でお願い」

そう言って、彼女が脚をM字に広げて濡れそぼった秘部を見せつけてくる。

(愛良姉ちゃんと美南さんが見ているのに、真梨子さんと本番……)

いくら意識が朦朧としていても、その事実に戸惑いがまったくない、と言ったら嘘になる。しかし、準備万端な爆乳人妻の恥部を目にして、牡の本能を我慢できるはずがあるまい。

そのため、尚人はフラフラと彼女の脚の間に入って、分身を割れ目にあてがった。

「んあっ。ねえ、早く、早くちょうだぁい」

十歳上の美女に甘い声でおねだりされ、尚人はそうすることが当然とばかりに自然に腰に力を入れていた。すると、一物がヌルリと生温かなところに入り込んでいく。

「んはあああっ！　尚人のチン×ン、入ってきたぁぁ！」

真梨子がおとがいを反らし、甲高い悦びの声をあげてペニスを受け入れる。

「ああ、尚人さんのが真梨子さんの中にぃ……」

「他の人がしているのを生で見るのって、なんだかドキドキするわねぇ」

横から、美南と愛良のそうしたやり取りが聞こえてくると、「見られている」と強く意識せずにはいられない。

それでも、尚人は腰を進めて、一分の隙もないほどに挿入したところで動きを止めた。

「はああぁぁん！　ああ、奥まで届いてぇ……やっぱり、このチン×ンすごいわぁ」

目を開け、陶酔した表情でこちらを見た真梨子が、そんなことを口にする。

その様子に、どうにも牡の本能を抑えられなくなった尚人は、彼女の腰を摑むと何も言わずにやや荒々しい抽送を開始した。

「んああっ！　あんっ、いきなりぃ！　はうっ、でもっ、ああっ、これっ、はううっ、いいぃぃぃ！　あんっ、強くされてっ、ああっ、子宮口っ、きゃうっ、ノックされるのっ、ひゃふうっ、気持ちいいぃぃぃ！　ああんっ、はううんっ……！」

たちまち、真梨子が甲高い喘ぎ声を寝室に響かせだす。

最初は優しく、という以前のアドバイスを無視する形になったが、準備が整っていたこともあって、彼女はしっかり快感を得てくれているようである。

「ああ、真梨子さん、とってもエッチですぅ」

「はあ。尚くんと真梨子さんが……分かっていたけど、実際に見るとちょっと複雑」

二人の美女のそんな声が、横から聞こえてくる。

(ああ……僕、美南さんと愛良姉ちゃんに見られながら、真梨子さんと本当にエッチしているんだ)

改めてそう意識すると、なんとも言えない背徳感が込み上げてくる。

しかし同時に、外でしたときに感じた「見られるかもしれない」というスリルで生じたのとは、また違う種類の興奮を覚えているのも事実だった。

何しろ、見ているのは共に関係を持った二人なのだ。しかも、彼女たちは友人同士である。

もちろん、恥ずかしさはあるものの、ある種の開き直りに近い安心感もあり、それが一対一だけでするのとは異なる昂りを生み出していた。

「はううっ！　愛良とっ、あんっ、美南にっ、ああっ、見られながらぁ！　はううっ、するのっ、ひゃうっ、すごくっ、あああっ、興奮しちゃうぅぅ！　ああんっ、はあっ、きゃふうっ……！」

と、真梨子が顔を左右に振って喘ぎながら口走る。

どうやら、彼女もこちらと同じようなことを思っていたらしい。

尚人も、いつしか興奮に身を委ね、抽送で快感を得ることにすっかり夢中になっていた。

「んー、見ているだけっていうのも、なんだかつまらないわね？　そうだ。美南さん、手伝ってあげましょう？」

少しして、横から愛良のそんな声がした。

「えっ？　手伝うんですか？」

「ええ。美南さんだって、真梨子さんのオッパイに興味ありませんか？」

「それは……あります」

「だったら、せっかくですし、一緒にしましょう？」

「……そうですね」

というやり取りが聞こえると、すぐに二人の人妻が真梨子の両脇に移動してくる。

そして、仰向けになっても存在感を誇る爆乳を片方ずつ摑んだ。

途端に、爆乳人妻が「ひゃうんっ！」と声をあげておとがいを反らした。

それに合わせて膣肉が締まり、ピストン運動を続けていた尚人も分身からの想定外の快感に、「うっ」と声をこぼしてしまう。

「真梨子さんのオッパイ、すごく大きいし、とっても柔らかいですねぇ」

「わぁ。わ、わたし、他の人のオッパイに触ったの初めてですけど……自分のとは、まるっきり違いますぅ」

愛良と美南が、爆乳を揉みながらそんな感想を口にする。

「ふやっ、ああっ！　あんっ、二人ともっ、あんっ、突かれながらっ、ひゃうっ、それっ、あううっ、オッパイッ、きゃふうっ、されるとぉ！　あふうんっ、変につ、あっ、なっちゃうぅぅ！　ああっ、はあんっ……！」

真梨子が、半狂乱になったような喘ぎ声を寝室に響かせた。

本番行為をしながら、二人の友人に乳房を揉まれて相当な快感を得ているのは、その言動や膣肉の反応からも間違いない。

おそらく、尚人との行為が少し空いたことに、友人たちにセックスを見られつつ愛撫されているというシチュエーションが加わって、興奮を抑えられなくなっているのだろう。

（くうっ。オマ×コが、すごく締めつけてきて……）

尚人は、一物からもたらされる心地よさに酔いしれながら、夢中になって腰を振り続けていた。

先に、トリプルフェラで一発抜いてもらっていなかったら、とっくに暴発していたに違いあるまい。

とはいえ、この快楽を前にしては、射精感をいつまでも我慢しきれるものではない。

「ああっ、尚人ぉ！　ひゃうっ、あたしっ、ああんっ、もうイクのぉ！　はううっ、中にっ、はああっ、中にちょうだぁい！　あんっ、はああんっ……！」

尚人の腰に熱いモノが込み上げてくると、それを察したのか真梨子が切羽詰まった声でそう訴えてきた。

「そ、それは……」

尚人は、即答できずに言葉に詰まっていた。

少し前に、彼女にも何度も中出しを決めているとはいえ、愛良と美南の目があるところでするのは、さすがに抵抗を覚えずにはいられない。

「尚くん、出してあげて。わたしたちも、中にしてもらうから」

こちらのためらいを察した幼馴染みが、愛撫を続けながらそんなことを言う。

どうやら、彼女も納得済みのようである。おそらく、事前に全員平等にしてもらおう、と話し合っていたのだろう。

憧れの相手からこのように言われると、もはや中出しを拒む理由もない。

「分かりました。それじゃあ……」

と応じて、尚人は小刻みな抽送に切り替えた。

すると、愛良と美南も爆乳人妻の乳首をクリクリと弄りだす。

「はひぃぃぃ！　それっ、ひゃううっ。乳首ぃぃ！　あああっ、もうっ、イクッ！　イクぅぅ！　んあああああぁぁぁぁぁぁぁぁ!!」

とうとう真梨子が、家中に響き渡りそうなエクスタシーの声をあげて、大きくのけ反りながら身体を強張らせた。

同時に膣肉が締まり、その刺激でこちらも限界を迎える。

「くうっ、出る！」

そう口走ると、尚人は彼女の中にスペルマを注ぎ込んだ。

「ふあああああ……中にぃ……熱いの、いっぱい注がれて、お腹がぁ……尚人のチン×ン、やっぱり最高よぉ」

虚脱した真梨子が、身体を震わせながら満足そうにそんなことを口にする。

「他の人への中出し、生で見たのは初めてだけど……なんだか、予想していた以上にドキドキしちゃったわぁ」

「そうですね。わ、わたしも次に……ああ、少し前のわたしなら、恥ずかしくて逃げ出していたかも」

爆乳から手を離した愛良と美南が、そのような会話を交わす。

精を出し尽くすと、尚人は腰を引いて一物を抜いた。だが、これで二発目ながらも肉棒は充分な硬さと大きさを維持している。

「尚人さん、まだすごく元気なままで……っ、次はわたしの番……こちらから、お願いします」

と、遠慮がちに言って、美南が四つん這いになってヒップを向けてきた。彼女が後背位を望んでいるのは、それだけで明白である。

(そういや、美南さんとは対面でしかしたことがなかったっけ)

そう考えると、彼女がバックからの体位を希望したのも分かる気がする。

そのため、尚人は小柄な人妻の背後に行くと、ほとんど本能的に腰を摑んで一物を秘裂にあてがい、何も言わずに突き入れた。

「はああんっ、いきなりぃぃ！　んあああっ、入ってきましたぁぁ！」

肉茎の進入と同時に、美南が悦びに満ちた声をあげて大きく背を反らす。

尚人は、そのまま奥まで挿入すると、すぐに荒々しいピストン運動を開始した。

「あっ、あんっ！　はうっ、いいですぅ！　ああっ、これぇ！　ああんっ、気持ちいいですぅ！　ひゃうっ、ああっ……！」

たちまち、美南がセミロングの髪を振り乱し、愛らしい喘ぎ声を寝室に響かせだした。もはや、声を抑えようという気持ちもなくなったらしい。

(分かっていたけど、真梨子さんと美南さんの中、やっぱり感触がまるで違うな)

尚人は、腰を動かしながら朦朧とした頭でそんなことを考えていた。

もともと、真梨子の中が絡みつくような感触で、美南の膣肉が吸いつくようなのは分かっていたが、立て続けに味わうとその違いがよりはっきりする。とはいえ、どちらも気持ちいいので優劣はつけがたいのだが。

それにしても、美南も準備万端だったからなのか、いきなり強めに動いたものの充分に快感を得ているようだ。そうと分かると、動きを抑える気にはならない。

「じゃあ、美南さんも手伝ってあげますねぇ」

と言うと、愛良が一歳上の人妻の横に異動してバストを掴んだ。そして、グニグニと揉みしだきだす。

「ひあんっ！　それっ、ひゃふっ、感じっ……ひふうっ、やあっ！　ああっ、はひいっ！　ああっ、きゃふんっ……！」

年下の友人による愛撫で、美南の喘ぎ声のトーンが一オクターブ跳ね上がった。

「なるほど。真梨子さんのオッパイと違って、美南さんのは弾力が強いんですね？　でも、これはこれで素敵」

そんな感想を口にしつつ、愛良がさらに乳房を揉み続ける。

（くうっ。愛良姉ちゃんの愛撫で、オマ×コのうねりが強くなって……）

尚人は、分身からの快感の大きさに内心で呻きつつも、夢中になって腰を振り続けた。

ただ、もはや、美南がどのような反応をしようと、この動きを止める気にはならない。

ただ、二発出した直後だけに、彼女と自分の昂り具合にズレがあるように思える。

（これは、一緒にイクのは難しいかな？）

そんなことを思ったとき、突然、後ろから大きな二つのふくらみが背中に押しつけられた。すると、当然の如く柔らかな感触が背に広がる。

「ま、真梨子さん⁉」

思いがけない場所から予想外の心地よさがもたらされて、尚人は素っ頓狂な声をあげていた。

「んふう。あたしも、手伝ってあ・げ・る」

そう言うと、彼女はこちらの尻を撫で回しだした。

その奇妙な感覚に、尚人は思わず「はうっ」と声をこぼして動きを止めてしまう。

「ふやぁんっ！　ああっ、尚人さんの、んあっ、中でビクって跳ねてぇ」

美南が、なお続く乳房からの愛撫に喘ぎながら、そんなことを口走る。

爆乳人妻の意表を突いた行為で、分身が自然に反応してしまったのだが、それをしっかりと感じ取ったらしい。

「ほら、尚人？　動きが止まっているわよ？」

止めた張本人からそう指摘されて、尚人は「あ、はい」と応じて慌てて抽送を再開した。

すると、真梨子が今度は菊門の近くに指を這わせてくる。

（くうっ。な、なんだ、これ？　お尻からも、なんだか気持ちよさが……）

今まで味わったことのない、もどかしさを伴う性電気がヒップから生じて、尚人は内心で戸惑いを隠せずにいた。

強さとしてはそれほどではないものの、まさか尻を弄られて快感が得られるとは思いもよらなかった事態だった。

ただ、それが今まで知らなかった新たな心地よさに思えてならない。

もちろん、後ろに人がいるとピストン運動はしづらいのだが、尻を弄られる感覚と背中に押しつけられたバストの感触のおかげか、興奮は高まる一方である。

「はううっ！　ああんっ、あんっ、ひゃううんっ……！」

美南は、もはや言葉を発する余裕もなくなったのか、ひたすら喘ぐだけになっていた。抽送に乳房からの快感が加わって、彼女もすっかり快楽の虜《とりこ》になっているらしい。

「あうっ、ああんっ！　わたしぃ！　はあっ、もうっ、ひゃうっ、イキますぅ！」

間もなく、小柄な人妻が切羽詰まった声を張りあげた。

同時に、膣肉がペニスに強く吸いついてきて、甘美な刺激をもたらす。この状況からも、彼女の言葉が嘘ではないのは明らかだ。

「僕も、そろそろ……」

想像以上に早い己の限界に内心で驚きつつも、尚人もそう口にしていた。

刺激が分身からだけなら、もうしばらく時間がかかったに違いあるまい。しかし、背後から真梨子のバストを押しつけられ、さらには肛門付近を弄り回されている感触があるため、どうにも込み上げてくるものを我慢できないのだ。

もっとも、おかげで小柄な人妻と一緒にイケそうなのはありがたいと言えるが。

「あっ、あっ、あんっ、イキます！　あっ、はうっ、もうっ……はうううううぅうううぅうん!!」

遂に美南が、大きくのけ反って、狼が遠吠えするようなポーズで絶頂の声を寝室に響かせた。

同時に膣肉が妖しく蠢き、そこで限界に達した尚人は、彼女の中に出来たてのスペルマを注ぎ込んだ。

5

「はぁ……っ、疲れた」

真梨子が離れ、グッタリした美南から肉棒を抜いた尚人は、その場に尻餅をついて思わずそう口にしていた。

回数だけなら、爆乳人妻の家でしたときのほうが多いものの、さすがにここまで短時間に連続での射精はしていない。そのせいか、腰にかなりの疲労感が生じている。

これほど疲れたのは、高校二年生の夏に全国大会県予選の準決勝と決勝で、炎天下にも拘わらず二試合連続フルセットを戦ったあと以来かもしれない。

だからだろうか、ペニスはかろうじてそこそこの大きさを保っているものの、明らかに硬度が落ちており、挿入するにはやや力不足という状態になっていた。

「尚くん、まだわたしが残っているのよ？」

と、愛良が肉棒を見て不満そうに言う。

「えっと、できればちょっと休みたいんだけど？」

「ダーメ。わたし、さっきから早く尚くんのオチ×ポが欲しいのを、ずっと我慢していたんだからぁ」

尚人の願いを、彼女はあっさりと却下した。

どうやら、完全に淫乱モードのスイッチが入っているため、己の欲望を抑えきれなくなっているらしい。

「でも、さすがにこれ以上は……」

「あっ、そうだ。それなら、わたしが上になってあげる」

尚人が弱音を吐こうとしたとき、年上の幼馴染みがポンと手を叩いて言った。

なるほど、騎乗位ならこちらはほとんど動かなくて済むので、ちょうどいいかもしれない。

「分かったよ、愛良姉ちゃん。だけど、チ×ポが勃たなかったら、諦めて欲しいかな？」

尚人は、そう言って身体をベッドに横たえた。

「うん。でも、心配はしてないけどね」

と、にこやかに応じながら愛良がまたがってきた。そして、精液と二人分の愛液にまみれた肉棒を、ためらう素振りも見せずに握る。

「尚くんのオチ×ポ……すぐに、元気にしてあげるわねぇ」

そう言うと、愛良は手を上下に動かして、一物を優しくしごきだした。

すると、甘美な刺激が分身から生じて、尚人は思わず「ううっ」と呻いていた。

やはり女性の、いわんや憧れの相手に陰茎を弄られると、自分の手でするのとは桁違いの心地よさがもたらされる。おかげで、あれほど衰えていた性欲が、ムクムクと甦ってきてしまう。

「うふっ、やっぱり硬くなってきたぁ。嬉しい」

ペニスの変化を察して、年上の幼馴染みが妖艶な笑みを浮かべる。

そして彼女は、充分な硬さが回復したと判断したのか、手を止めて腰を持ち上げると、肉棒の先端を自身の秘裂にあてがった。

「んあ……健児さんがさせてくれなかったから、自分から挿入するのって初めて……なんだか、すごくドキドキするわぁ。こんな気持ち、初体験のとき以来かも？」

愛良が、そんなことを口にする。

どうやら騎乗位を提案した割に、実際にした経験はなかったらしい。

(僕にも、愛良姉ちゃんの初めての相手になれることが、まだあったんだな)

そう思うと、淡白な健児に感謝したくなる。もしも彼が自分と同じような性欲を持っていたら、できる限りあらゆる体位を試していたに違いあるまい。

尚人がそんなことを考えている間に、愛良は腰を沈み込ませてきた。

「んんんっ……はううっ！　入ってきたぁぁ！」

悦びの声をあげつつ、年上の幼馴染みはさらに腰を下ろしていく。

そうして、とうとう彼女は一物を完全に呑み込んで、その動きを止めた。

「んはあああっ！　オチ×ポで、子宮にキスされてぇ！　はああ、中がミッチリ満たされて……やっぱり、すごいわぁ」

　陶酔した表情で、愛良がそう口にする。

　その表情を見ているだけで、こちらの昂りも自然に回復してしまう。

「んっ。尚くんのオチ×ポ、中でビクってぇ……それに、ますます大きくなってきたの、分かるよぉ。じゃあ、動くわねぇ」

　と、愛良が腰を上下に動かしだす。

　さすがに、ややぎこちない抽送だが、絶品の膣肉のおかげで充分な快感が陰茎から脳に送り込まれてくる。

「あっ、あんっ、これっ、はううっ、いいっ！　あんっ、自分でっ、あううっ、動くのっ、ああっ、気持ちいいぃぃ！　あうっ、はううんっ……！」

　上下動をして髪を振り乱しながら、彼女がそんなことを口走る。

　案の定と言うべきか、今までに経験がない行為に興奮し、十二分な快楽を得ているようだ。

「ふふ。いつも澄ました感じの愛良が、こんなにエッチな顔をするなんて。けど、動き方がイマイチだし、さっきのお返しに、あたしが手伝ってあげるねぇ？」

　そう言うと、真梨子が幼馴染みの背後に回り込んだ。そして、乳房を鷲摑みにする。

「ふやんっ!?　ちょっと、あうっ、真梨子さん？　やふっ、そんなっ、ああっ、今っ、あんっ、オッパイッ、ああんっ、さっ、されたらぁ！　ひゃうっ、あああっ……！」

友人にふくらみを揉みしだかれた愛良が、たちまち困惑と快楽の入り混じった喘ぎ声をこぼしだした。

ただ、そうして腰の動きが乱れると、一物からの性電気もイレギュラーに変化し、それが心地よく思えてならない。

「んああ……わたしもぉ」

不意にそんな声がして、美南が横からまだ少し虚ろな顔を覗かせた。そして、尚人に近づくと、ためらう様子もなく唇を重ねてくる。

「んっ。ちゅっ、ちゅば……」

彼女は、すぐについばむようなキスをし始めた。そのため、唇からも想定外の性電気が送り込まれてくる。

「ふやあっ！　尚くんのっ、あふうっ、中でっ、ああっ、暴れてぇ！　はううっ、おかしくっ、ひゃうっ、なっちゃううぅ！　きゃううっ、あひぃぃぃっ……！」

愛良が、半狂乱といった声を寝室に響かせる。

キスをする美南に隠れてしまい、幼馴染みの顔を見ることはできなくなったが、彼女がどれだけ感じているかは、その声はもちろん膣肉の蠢き具合からも充分すぎるくらいに伝わってくる。

また、腰の動きも次第に速くスムーズになっていた。おそらく、これは牝の本能によるものだろう。

（ああ、なんだか、すごくよくて……）

尚人は、ペニスと唇からもたらされる快感に浸り、もはやそれ以上のことを考えられなくなっていた。

ずっとこの快楽を味わっていられるなら、いったいどれほど幸せだろうか？

しかし、そういうわけにいかないのが現実である。

膣肉の妖しい蠢きと彼女の腰使い、さらに艶めかしい喘ぎ声、そして唇からの心地よさの相乗効果で、尚人の中には早くも新たな射精感が込み上げてきていた。

あれほど萎えていたのに我ながら早い、という気はしたが、思い人とのセックスに二人の美女のサポートまでついているのだから、仕方がないことかもしれない。

「ああっ、尚くんっ！　はううっ、わたしもぉ！　あんっ、もうっ、はうっ、イクッ！　ああんっ、一緒ぉ！　ひゃうっ、一緒にぃ！　あっ、あんっ、あんっ……！」

と、切羽詰まった声をあげ、愛良が腰の動きを速める。

どうやら、膣内のペニスのヒクつきから、こちらの限界を察したらしい。

「うふっ。それじゃあ、イカせてあげる」

「ふひゃんっ！　乳首っ、あああっ、やんっ、それっ、それぇ！　はううっ、イクッ！　あうっ、そんなっ、あああっ……！」

真梨子の声と共に、愛良が甲高い喘ぎ声をこぼし、抽送も荒々しいものになる。

おそらく、爆乳人妻が乳首を弄りだしたのだろう。

すると、膣肉が蠢きを増し、ペニスに伝わってくる快電流もより強まって脳を灼《や》く。

（くうっ！　もう……出る！）

心の中で呻くと、尚人は出来たてのスペルマを年上の幼馴染みの子宮に注ぎ込んだ。

「はああっ、中にぃぃ！　んはあああああぁぁぁぁぁぁぁ!!」

射精と同時に、愛良も腰の動きを止めて絶頂の声を寝室に響かせるのだった。

エピローグ

十月下旬の土曜日の、よく晴れた秋空の下、ポーン、ポーンと緩いテニスボールの打球音が、テニスコートに響いている。

「美南さん、その調子。いい感じですよ」

返球を軽く打ち返しながら、尚人がそう声をかけると、向こうサイドの小柄な美女が「はいっ」と応じつつボールをさらに返してきた。

「美南、けっこう上達したわねぇ」

「尚くん、教え方が上手だから」

そんな真梨子と愛良のやり取りが、コートの横から聞こえてくる。

ここは、ＹＺ市の隣町にある町営テニスコートである。尚人の家からはやや遠いのだが、愛良が車を出してくれているので、交通上の問題はない。また、真梨子と美南も同乗して一緒に来ているため、誰かが遅れるようなこともまずない。

大学が始まり、尚人が臨時コーチを辞めるのに合わせて、三人の人妻たちもYZ女子テニス倶楽部を退会した。

もっとも、それは火・金のレッスンの廃止が正式に決まったからなのだが。

表向き、尚人の後任コーチが見つからなかったのが廃止の理由とされていたが、実は既定路線だったらしい。

最近、YZ女子テニス倶楽部も会員が徐々に減少しており、「楽しむテニス」のためにコーチを雇う余裕がなくなりつつあった。つまり、尚人の前任者の退職はレッスン廃止の方針に、渡りに船だったそうである。

ただ、あまりに急な打ち切りは問題があることと、真梨子たちの強い要望もあって尚人の臨時コーチを受け入れ、時間に猶予《ゆうよ》を設けたのだ。

しかし、そもそも火・金の緩さが気に入っていた三人は、月・木への移行よりも退会する道を選んだ。そして、自主サークルを作って毎週土曜日のコーチを尚人に依頼してきたのである。

もちろん、さすがにYZ市内ではやりにくいため、今はこうして隣町のテニスコートを使っているのだが、移動手段さえあればどうということもない。

また、大学の必須科目も選択科目も土曜日にはないので、コーチをするのに影響はなかった。さらに、比較的裕福な三人がＹＺ女子テニス倶楽部よりも高いコーチ料を払ってくれるので、週一回でもそれなりの稼ぎになる。

ちなみに、尚人は臨時コーチを経て、自分の将来について改めて考えるようになっていた。

これまで、引退した自分はテニスと無関係のことをしなくては、と思っていた。だが、人に教えるのは面白いし、成長を見るのも楽しいので、テニスのコーチを仕事にするのも意外といいのではないか？

もちろん、本格的なコーチ業をするなら、指導方法などをもっと勉強しなくてはなるまい。しかし、怪我で諦めたテニスを仕事にできるのなら、多少の困難など苦にはならないだろう。

（そう思ったんだけど……）

「んっ。レロ、レロ……」

「ピチャ、ピチャ……」

「ンロ、チロロ……」

美南の家のリビングに、三人の美女たちの粘着質なハーモニーが響く。

今、下半身を露わにしてソファに腰かけた尚人の足下には、テニスウェア姿の美南と愛良と真梨子が跪き、頬を寄せ合うようにしていきり立った肉棒を舐め回していた。

そうして一物からもたらされる心地よさに、尚人は「ううっ」と呻いて天井を仰ぐことしかできない。

（くうっ。三人とも、テニスのあとシャワーどころか着替えもしないで……）

快感で朦朧とした頭に、そんな思いがよぎる。

彼女たちは、もう尚人が匂いフェチと分かっていた。そのため、最近はサークル活動を終えたあと、シャワーどころか着替えもせず、美南の家に移動するようになったのである。

おかげで、狭い車内に女性の匂いが充満し、尚人の本能が刺激されて行為を始める前から一物が体積を増していた。

そして三人は、美南の家のリビングに入るなり、待ちきれなかったようにペニスにしゃぶりついてきた。もちろん、こちらも彼女たちを拒むことなどないのだが。

これが、ここ最近の四人の行動パターンになっていた。

この家は敷地が広く、窓を閉めていれば多少の大声なら近所に聞かれる心配もない。

それに、愛良の家や真梨子の家では、夫が帰ってきたとき情事の形跡が残っていると、少々面倒な事態になりかねない。その点、美南の夫は妻の変化を察したのか、特に十月に入ってからは家に一度も顔を出していないらしいので、淫らな行為に耽るにはちょうどいい。

こうした理由から、テニスのあといつもここを使うようになったのである。

（ううっ、気持ちよくて、もう何も考えられない！）

もたらされる快電流の強さに、尚人は自分の理性がドロドロに溶けていくのを感じていた。

こうして、三人の人妻からの奉仕に酔いしれていると、将来的に就職など仕事に就くことなく、彼女たちのヒモになってしまいそうな気がしてくる。

（それに、みんなとの関係も、まだ結論を出せないし……こんなことをしていて、本当にいいのかな？）

という思いは、もちろんあった。

だが、もはや尚人自身も三人の美女との行為にドップリと漬かっていて、美女たちの求めを拒めないのである。

また、愛良も真梨子も美南も、夫との関係を清算することになろうとも尚人と一緒にいたい、と望んでいるのだ。

そこまで思われて応じないというのは、男が廃《すた》るというものだろう。

今の尚人にとっては、愛良だけでなく真梨子も美南も大切な女性なのだ。無下《むげ》にして泣かせるような真似など、できるはずがない。

もちろん、三人は現時点でまだ人妻であり、これから彼女たちとの関係がどうなっていくのか、という不安がまったくないと言ったら嘘になる。

また、いずれは誰かを選ぶべきだろうし、逆に三人の美女の気持ちが自分から離れる可能性もあり得るだろう。

(それでも、今はみんなとの時間を大事にしたい)

尚人は、そんなことを思いながら、込み上げてきた射精感に身を委ねるのだった。

(了)

※本作品はフィクションです。作品内に登場する
団体、人物、地域等は実在のものとは関係ありません。

人妻《ひとづま》ハーレムテニス

〈書き下ろし長編官能小説〉

2024年7月15日初版第一刷発行

著者 ……………………………………………河里一伸

デザイン ……………………………………小林厚二

発行所 ……………………………………株式会社竹書房

〒102-0075 東京都千代田区三番町8-1
三番町東急ビル6階
email: info@takeshobo.co.jp

竹書房ホームページ https://www.takeshobo.co.jp

印刷所……………………………中央精版印刷株式会社

定価はカバーに表示してあります。
落丁・乱丁があった場合は、furyo@takeshobo.co.jp までメールにてお問い合わせください。